Mein geliebter Gaming-Freund ist mein fieser Boss?! Σ(•□•)

▶▶ Nmura

Inhalt

ER TUT MIR LEID!

Thema und Zielgruppe passen sowieso nicht zusammen.

Das Budget ist zu großzügig verteilt. Die Visualisierung ist auch unklar.

HERRJE...

Hast du ernsthaft geglaubt, ich würde so einen Plan freigeben?

BATSCH

#1

BATSCH

... aufgetakelter Teufelsboss!

Verdammter ...

SCHLUCK

Jawohl ...

Das ist inakzeptabel.

Mach alles noch mal neu.

dann hast du einen hohen posten!

Wie kommst du jetzt auf das Thema? lol

stimmt ja, du hast untergebene, oder?

Jap, hab ich.

#2

bist du denn ein guter vor–gesetzter?

hoffe, einer der sich gut um seine leute kümmert und sie mit lob weiterbringt

Keine Ahnung lmao, ganz normal halt? lol

Lolol

Ich hab da so einen, der sich zwar richtig ins Zeug legt, aber einfach nicht vorankommt.

hm?

Apropos Untergebene …

HÜPF

HÜPF

Heute komme ich sicher wieder erst spät nach Hause ...

GATSCHACK

ICH WERDE DARAN NOCH KAPUTTGEHEN!

Neulich hab ich das auch schon fünfmal überarbeiten müssen!

TIPP

TIPP

...

Guten Tag, Herr Shirase.

ÄH ...

BADUMP

BADUMP

Ich ... hab das vorhin nicht laut gesagt, oder?

BADUMP

SCHRECK

Hashi-moto.

Vielen Dank ...

Ähm ...

... okay?

Und wegen des Entwurfs ...

Hier.

... die Idee an sich war nicht schlecht.

Du musst dich nur noch ein bisschen mehr an-strengen.

PATT

... das wird im August durchgeführt, denk an die drückende Hitze, es muss mehr auf den Sommer ausgerichtet sein, nicht wie ein Projekt, was wir jetzt realisieren, das Thema muss auch geändert werden, und ich weiß nicht, wie oft ich das noch sagen soll, aber das Alter der Zielgruppe stimmt nicht, du solltest dir das besser bewusst machen ...

MECKER MECKER MECKER

Ist er gekommen, um mir 'ne Predigt zu halten?

Aber ...

Wa...

Was ist ...

... gerade passiert?

Konnte grad, da wollt ich mal vorbeigucken. Bist du zu der Zeit immer on?

ja schon, mache in der mittagspause meine dailies

WOBBEL

ungewöhnlich, dich zu der zeit online zu sehen

MITTAGS

TAG!

HI!

#4

Wie läuft's in letzter Zeit eigtl mit deinem Boss?

uff na ja, der is teuflisch wie eh und je.

Wenn du da immer on bist, versuche ich auch zu kommen.

ja, mach das!

btw sitzt der gerade

direkt neben mir!

Der hockt grad neben dir? lol

Echt jetzt? omg LOOOL

Ich schreie!

AUFGEREGT

ich wünscht, die firma würde in die luft fliegen, ey

Da fällt mir ein, du meintest ja, der sieht gut aus? lel

der starrt die ganze zeit sein handy an. wette der schreibt nem mädel

...

...

AUFGEREGT

...

Ganz be-stimmt nicht.

EISKALT

Scheinst aber nicht überzeugt zu sein loool

VIELEN DANK.

das sind echt liebe worte ...

Ich muss langsam zurück an die Arbeit! Bis bald (·ω·)ノツ

bis dann

Wenn's echt zu hart wird, kannst du immer noch kündigen. Komm dann zu mir in den Betrieb lol

das wär einfach mega

WEND

J... Ja?!

Hashi-moto.

Oh!

Ich sollte auch zurück an den Schreib-tisch.

BÖBÖÖT

...DU SCHAFFST DAS!

ICH BIN MIR SICHER ...

Du musst den Antrag von vorhin noch mal überarbeiten, also hol ihn dir später bei mir ab.

Okay ...

Die Details sind zwar verbesse-rungswür-dig ...

... aber insgesamt ist er schon ganz or-dentlich.

Das kannst du so was von vergessen ...

Ich bin schon gespannt ...

... auf deine Überarbeitung morgen.

Er hat gelächelt?

Wa-ha-ha!

Ich will heim.

GULP

Wie lustig!

GULP

PLAPPER

PLAPPER

#5

---

ich geh heut was trinken, also bin ich nicht da

UMA meinte auch, er sei heute in einer Bar ...

Rly? Ich auch!

Was ist mit Shi-rase?

ICH KANN DICH HÖREN, HASHIMOTO!

LEHN

Ich will nach Hause und zocken!

Wer will noch was trin-ken?

WOOHOO!

UMA

Online

Salted Salmon

Zuletzt online vor 3 Tagen

Miyako

Kann ich nicht nebenbei 'ne kleine Quest machen?

Huch, er ist ja on!

Ich hasse diese Kultur der Freitags-saufgelage ...

wenn du's ernst meinst, würde nächsten monat klappen!

Mir passt nächsten Monat auch gut

in einer bar zb?

Meinetwegen, warum nicht lol

Willst du nicht?

echt jetz? rly? wir treffen uns irl?

schon, aber ich hab mega bammel

Jetzt schon? xD

Aber das wird schon!

bei so was kann's doch komisch werden, wenn man sich irl trifft

Ja.

!!

ZUCK

GATSCHACK

TAPP
TAPP

...

Meine Kolleginnen haben ihn schon gesucht. Er war also hier?

VERBEUG

Hallo ...

Du bist es, Hashimoto ...

HERR SHIRASE!

HERR SHIRASE!

HERR SHIRASE!

AUSGELAUGT

HACH ...

Ach so! Er ist vor den Mädels geflohen ...

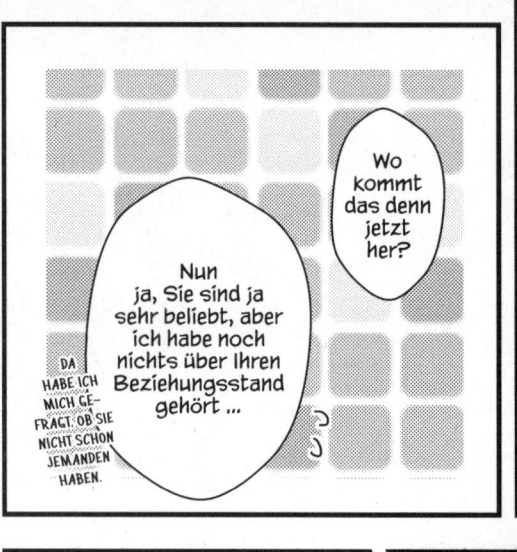

Wo kommt das denn jetzt her?

Nun ja, Sie sind ja sehr beliebt, aber ich habe noch nichts über Ihren Beziehungsstand gehört ...

DA HABE ICH MICH GE-FRAGT, OB SIE NICHT SCHON JEMANDEN HABEN.

Herr Shirase, sind Sie eigentlich vergeben?

BADUMP

BADUMP

Nur ein Scherz.

DER JOB BEAN-SPRUCHT MICH MOMENTAN VÖLLIG.

Die Zahl klang rea-listisch ...

...

Ich habe so vier Eisen im Feuer.

?!

Und es gibt niemanden, den Sie gut finden?

Jemanden, der Sie inte-ressiert und mit dem Sie viel Spaß haben?

Jemanden, der mich interessiert ...

... besser gesagt, mit dem ich gerne rede, gibt es schon.

?

Deren Gespräche müssen auf hohem Niveau sein!

ER LÄCHELT!

...

Jemand, mit dem er gerne redet?

...

SEXY SCHNAPPSCHUSS VON SHIRASE ①

wie sweeeet XD

als würde ich mich nicht
drauf freuen

aber es ist nicht so

Hm ...

Das kostet 320 Yen.

PIEP
PIEP

Stimmt, ich sollte an was Schönes denken ...

... das lenkt mich ab.

Das macht zusammen 1240 Yen.

Jetzt hab ich das Gefühl, mir wird was Gutes passieren ...

Nanu?

PATT

PATT

Klar.

...

TSCHTT

...

Ich
hab mein
Portemonnaie
vergessen.

8

ECHT JETZT? OMG LOL!

MOMENT MAL. ICH GEH AUCH SONST ZUM BAHNHOF XX!

So lange zocken wir schon zu-sammen ...

... und haben gar nicht gemerkt, dass unsere Leben sich über-schneiden!

Kann ich ihn mit „Schön, dich kennen-zulernen" begrüßen ...

... obwohl wir uns schon ungefähr ein Jahr lang kennen?

... tatsächlich schon daran, das Treffen abzusagen.

Denn wenn wir uns in echt treffen und uns nicht verstehen ...

... könnte die Stimmung beim Zocken dadurch ruiniert werden. Und das will ich auf keinen Fall!

Aber ...

Ich dachte ...

... ab-
nerden!

... ich
will
mit
ihm
...

HAT SONST
NIEMANDEN IN
SEINEM UMFELD
FÜR SOLCHE
GESPRÄCHE.

UND QUESTS!

ÜBER NEUE
WAFFEN!

Ent-
schuldi-
gung.

...

Ich frag
ihn da-
nach!

Vielleicht
kann ich
ihn auch
von Voice-
Chats über-
zeugen.

DAS WÄR EIN
TRAUM ...

Spielen
Sie zufällig
Riafaru
Online?

BWAH

Es
geht
los!

Ja!

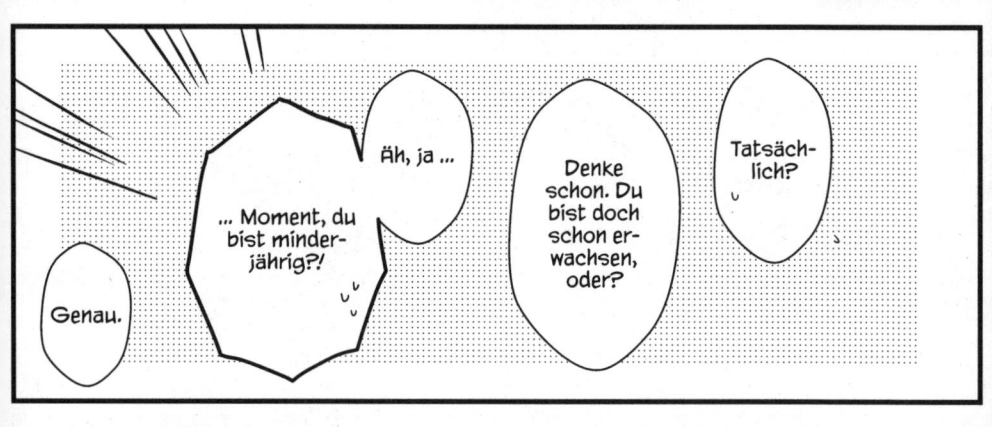

Äh ... muss hart sein, sich um Mitarbeiter zu kümmern ...

Mit-arb...?

Ach so, Mitglieder?

Haben wir im Spiel darüber gequatscht?

Haben wir ...

SELBSTWERTGEFÜHL

Ich hätte ihn ...

... nicht treffen sollen!

MEINTE ER MIT DEM POSTEN, DASS ER BANDLEADER IST?

Ist er etwa Künstler?

?

Äh ...

... wir unterhalten uns die ganze Zeit im Stehen, wollen wir weiter?

Hm?

IRGENDWOHIN, WO WIR NICHT AUFFALLEN ...

Es ist zwar immer schwer, alle zusammenzutrommeln, aber ich liebe es einfach, zu singen.

※ MEINT MITGLIEDER VOM LIGHT-MUSIC-KLUB

Si... singen?!

NEW YORK

Sind das ... Künstlernamen?

Was? Aber das Treffen wurde doch von Nihility und Samsara-Apokalypse organisiert.

Ich dachte, wir wären nur zu zweit ...

Es kommen noch andere Spieler?!

Wäre es nicht besser, wenn wir noch auf die anderen Spieler warten?

Irgend-was ist hier faul!

ZUCK

Was?

Nun ja, tut mir leid, dass du so lange warten musstest.

Privatnachrichten ▽

Der Starducks am Westausgang oder im Untergeschoss?

Hast du LIME? Wenn wir telefonieren geht's schneller. (´∩`)

geb dir gleich meine ID –ich und ich nein den am westausgang

Danke! Ich ruf dich an während ich auf dem Weg dahin bin, bitte führe mich (Y')

Derjenige, auf den du wartest ...

... bin ich.

Privatnachrichten ▽

Der Starducks am Westausgang oder im Untergeschoss?

Hast du LIME? Wenn wir telefonieren geht's schneller. (´;д°)

Hä?

SEXY SCHNAPPSCHUSS VON SHIRASE ②

#8.5

FLAPP

Pff.

Der Wechsel zu Sektion 2 geht viel zu schnell. Wie soll das mit der übernahme klappen?

MITTEILUNG ÜBER PERSONALWECHSEL

Ich sollte zusammenfassen, wie wir da das Troubleshooting angehen.

Und was ist eigentlich mit diesem Auftrag?

... fallen die Priorisierung der Geschäfte und der Kontakt zu den Handelspartnern flach ...

Ich muss mich darum kümmern, sonst ...

Mist, ich hab doch schon genug anderes zu tun ...

Aber ich kann das nicht alles allein übernehmen.

Das Geschäftliche überlasse ich Sato, und was die Artikel angeht ...

Übergabeliste
- ● Geschäftsaufgaben
  - □ · Wöchentliche Tasks
  - · Monatliche Tasks
  - □ Priorisierung der Geschäfte
  - □ Übersicht Handelspartner
  - □ Troubleshooting

Das super-beliebte Online-Game!

Ugh, heute ist es echt ätzend ...

? hey, bist du off?

Bin noch da xD! Hab nur so gelacht rofl

Und was ist dann passiert? lol

hallo?

in meinem mund haben quasi zwei geschmäcker um die vorherrschaft gekämpft und mein hals ging leer aus

Fight!

Der Milchshake war auch bestimmt eher süß, oder? loool

ja, echt ey ...

ich hab den verstand verloren und ernsthaft versucht das zusammen runterzukriegen, aber das ging gar nicht klar ...

sowohl schoko–milch–shake als auch ramen haben so einen prägnanten geschmack

...

Ich hätte nicht gedacht, dass ich mich mit jemandem, den ich neu kennenlerne, so gut unterhalten kann.

Keine Ahnung, ob wir uns gut verstehen oder ob es daran liegt, dass wir so vorbehaltlos damit umgehen ...

Hach ... es ist lang her, dass ich so über Belanglosigkeiten lachen konnte.

SCHRECK

Ähm ...

Bedien dich ruhig. Ich hab dich schließlich so lang warten lassen.

UND DU HAST NOCH KEIN MITTAG GEGESSEN, ODER?

Willst du nichts essen?

HAHA ...

Vielen Dank.

Äh ... ja, nein.

ZIEP ZIEP ZIEP ZIEP ZIEP ZIEP ZIEP ZIEP ZIEP ZIEP

Mein Magen tut weh!

Ich kann nichts schmecken ...

Ich sollte erst mal was essen und mich beruhigen.

Die leckeren Sachen helfen mir bestimmt dabei ...

Be-
stimmt
...

Dass ich mich dafür ent-schul-dige, so schlecht über ihn gere-det zu haben?

Wartet er darauf, dass ich anfange?

... und wieso spricht er den Elefanten im Raum nicht an?

Jetzt mal halblang. Wie ist es überhaupt dazu ge-kommen, dass ich so gutes Essen zusammen mit Shirase esse ...

Ich habe mich so krass über er jetzt von mir denken? W nus
schuldi ich mich er ent-
zu spre ...moto. vielleicht ihr
damit Hey, ich sollte w Ide
davon Hashimoto. bezogen hat. Wob Ich explizi
damit wa s ich meinen teuflis pack das meinte, u
jetzt sitzt er mir gegenüber, oh nicht. gruselig

Tut mir leid, ich war gerade wo-anders ...

Hörst du mir über-haupt zu?

Äh ....

Ja?!

...

Bleibt mir nur noch, mich aufs Schlimmste gefasst zu machen ...

... nein, ich habe mich so hart über ihn ausgekotzt, da kann ich mich nicht mehr rausreden ...

Ich brauch irgend-eine Ausrede ...

HACH ...

GATSCHACK

GONK

...

SS-T

Ve... Verzei-hung!

N R!

Aaah?!

ZUCK

?!

NEW YOR

NICK

Oh, hi ...

Äh ... du ... bist der von vorhin, oder?

Hi ...

Hm? Aber der Laden ist ziemlich teuer für so einen Anlass, oder?

Äh, nein, wir machen das hier.

Ist dein Treffen schon vorbei?

Wir laufen uns oft übern Weg.

... dass ich meinen Job verlieren könnte.

Was?!

SO WAS KANN IMMER MAL PASSIEREN!

Ja, schon ... aber ich würde nicht sagen, dass ich mich nicht wohlfühle, eher mach ich mir Sorgen ...

Ich fühl mich manchmal bei IRL-Treffen auch nicht so wohl, daher versteh ich das.

Das Netz ist ein schauriger Ort. Pass gut auf dich auf ...

Wie geht das denn ...?

...

Warte!

Ich gehe jetzt wieder zurück.

Viel Spaß weiterhin bei deinem Treffen!

Äh, okay.

#10

Du hast sicher mehr Spaß, wenn du zu deinem eigenen IRL-Treffen zurückgehst.

STECH

NEW YORK

... aber wahrscheinlich wird es mit uns nicht allzu unterhaltsam.

Ich verstehe den Wunsch, auch hier teilnehmen zu wollen ...

Du merkst das schon ...?

Waaaaah!

Das merke ich schon, aber das ist trotzdem kein Problem.

YORK

WIRKLICH!

Nein, also, es ist nicht so, dass Mr. A irgendwas gesagt hätte ...

... er meinte nur, dass die Situation etwas komisch ist!

BLICK

Ach so, na dann.

Puh ...

UGH!

Denn ehrlich gesagt sind wir nicht wirklich ins Gespräch gekommen.

Dann kann ich mich glücklich schätzen, dass du dabei bist.

Verstehe ...

Alles gut, ich hab dem Gildenleiter Bescheid gesagt.

Aber ist deine Gilde auch damit einverstanden?

Aber ich kann nicht lange bleiben ...

... also ...

Ach was.

Tut mir leid, ich wollte dich zu nichts drängen!

Ich will schließlich mehr über euch zwei wissen.

... wie wäre es mit einer gemeinsamen Quest?
Passt doch zu einem IRL-Treffen.
Riafaru online
heißt kumataro, kuma wie bär, bist aber keiner ...
Katze ...
miau!
※ ALT-ACCOUNT
Now loading ...
WAS HAST DU FÜR EINE KLASSE?
BESCHWÖRER MIT FOKUS AUF BUFFS.
SCHRUMM

Ich geh rein, sobald UMA die Attacke getankt hat!

Alles klar!

Die beiden kennen sich also aus dem Real Life, aber ...

... in was für einer Beziehung stehen sie?

* One-hit knockout; Besiegen des Gegners mit nur einem Angriff.

TSCHAPP
TSCHAPP

CRITICAL
9999

HP 0/6000
Kumataro

Direkt zum Start ein OHKO*?!

BRUTSCH

Oh, aber du bist der Einzige, der Revives hat!

Ja, schon ...

Ach nein, so was passiert oft! Mach dir nichts draus.

ICH WAR ETWAS ZU FRÜH ...

Wah! Tut mir leid ...

BODEN ... KÜSST DEN ...

Und die Ausrüstung, die ich gerade anhabe, verstärkt nur meine Offensive, da weiß ich nicht, ob wir lange durchhalten.

Wir haben ja nicht damit gerechnet, dass uns dieses Ding begegnen würde.

Klar, der Loot, wenn wir das Vieh besiegen könnten, wäre schon krass.

Aber nur zu zweit ist das ziemlich schwierig.

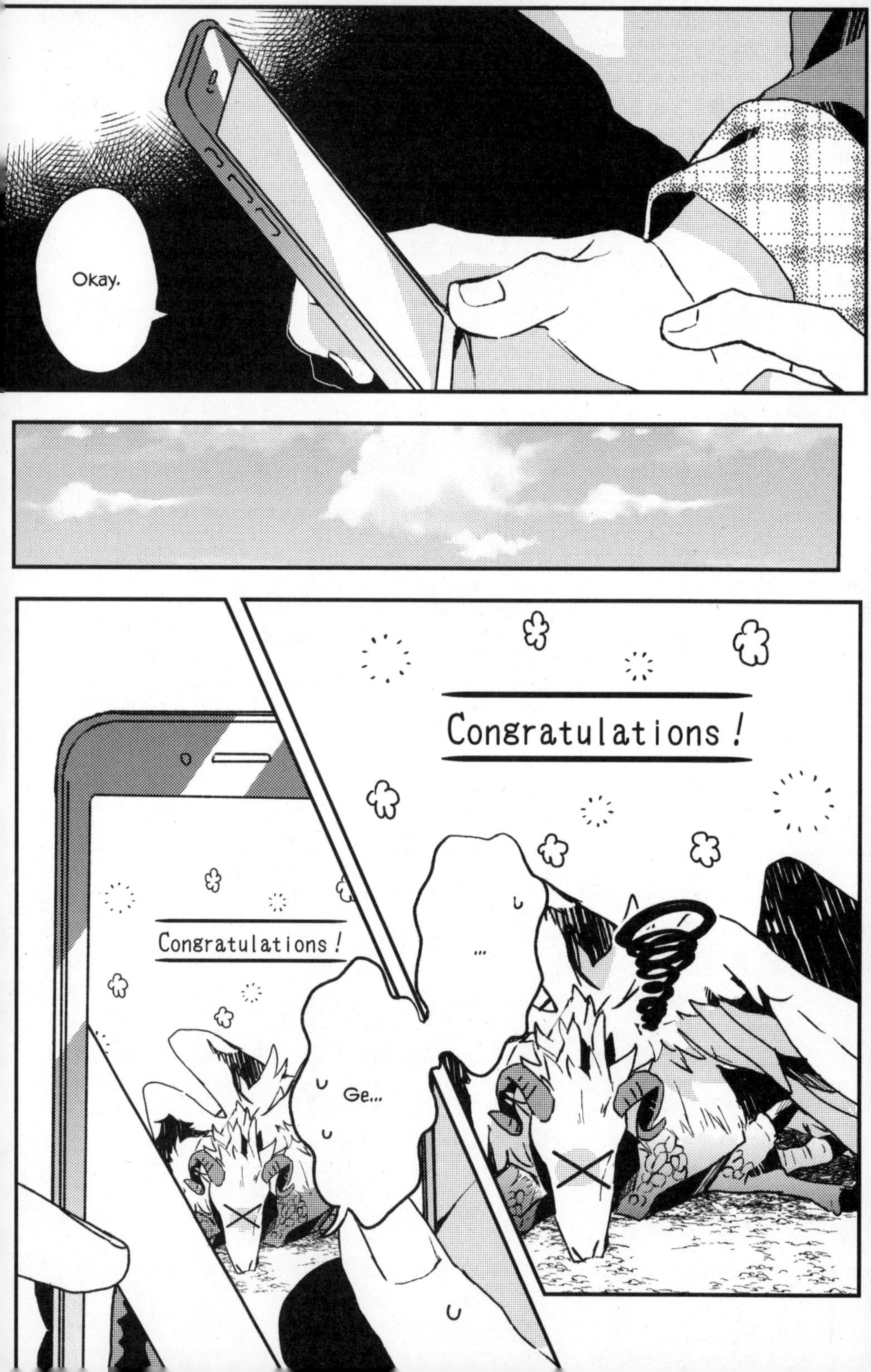
Okay.
Congratulations!
Congratulations!
...
Ge...

Gerne.

Lass uns mal wieder zusammen Quests machen!

Wir machen gleich mit der ganzen Gilde Events.

Okay, ich gehe zurück zu meinem Treffen.

Hä?

Oh, und ...

... bitte lasst uns wieder ein gemeinsames IRL-Treffen ausmachen.

Also sowohl mit Mr. A als auch mit Herrn UMA!

Die Quest vorhin ...

... hat mir Spaß gemacht.

Mir ist nur wichtig, dass wir auch weiterhin online zusammen spielen können.

Herr Shirase ...

...

Jetzt macht er sich auch noch Sorgen ...

„DANKE?" DAS IST ECHT ZU VIEL ...

Danke dafür.

Nein, wenn ich da mehr drauf achte, wird es auch im Betrieb flüssiger laufen.

Du kannst da ruhig selbstbewusster gegenhalten.

Und du musst dich nicht immer so von mir demütigen lassen.

Ja, vor allem in letzter Zeit merke ich das.

Je mehr Erfahrungen du sammelst, desto mehr entwickelst du dich auch weiter.

Deinen Entwurf von vorgestern ...

... liebe ich.

Wirklich ...?

Die beiden sind also wirklich ...

Shirase ... das muss dann UMA sein?

Ja!

An mich?

Das ist Mr. A, oder?

Deswegen bin ich gerade so froh darüber ...

Hm?

übertreib doch nicht.

Ich habe mich gefragt, wie ich Ihr Interesse wecken könnte ...

... und alles danach ausgerichtet, was Sie wählen würden ...

Das mache ich gar nicht.

Worüber reden die denn?

Ich habe wirklich die ganze Zeit an Sie gedacht.

... wenn ich damit bei Ihnen auf Gegenliebe stoße!

Und natürlich freue ich mich dann ...

?!

... die beiden sind ... in dieser Phase?

Deshalb war es vorhin so seltsam?

Ich habe alles gegeben, damit ich das von Ihnen zu hören bekomme ...

Waaaaas? Das klingt ganz nach ...

Wenn es Ihnen als Zielgruppenmuster so gefällt, bin ich zuversichtlich.

Ach ja?

Und mein jetziger Entwurf passt perfekt zu meiner Vorstellung von Ihnen.

Intellektuell. Effizient.

Bisher waren deine Zielgruppenvorstellungen sehr schwammig.

Ist wohl eine gute Idee, dabei an jemanden zu denken, den du kennst.

Jawohl ...

Aber schaufle dir nicht dein eigenes Grab, indem du dadurch dein Blickfeld einschränkst.

Zuckerbrot und Peitsche ...

MEN

So langsam sollte dieses Gespräch doch vorbei sein ...

ich bin dann mal weg

du gehst schon?

ich hab meiner gilde versprochen dass wir zusammen gehen

ach so ...

In letzter Zeit hängt er ja gar nicht mehr mit uns ab ...

Komm zurück, Lachsi ...

Ist noch nicht wieder an diese Zweisamkeit gewöhnt

PFF

FWAPP

Es ist so unange- nehm.

Fühlt sich an, als wäre ich das fünfte Rad am Wagen, das bei zwei Kindheitsfreunden dazwischengrätscht.

Dieses IRL-Treffen, Mann ...

Hätte ich mir das mal nicht mit meinem Überfall auf ihr Treffen selbst eingebrockt.

Mann, ich wünschte, ich hätte nix davon mitbekommen.

Ich hätte nicht gedacht, dass die beiden was miteinander haben ...

UMA sah echt verboten gut aus.

Bei dem Gesicht erwartet man nicht sein typisches LOL-Dauer-feuer ...

HUHU!

Ist irgendwie ... voll der Normalo ...

...

Und Mr. A ...

AUF GUTE UND SCHLECHTE WEISE

Natürlich

Sowohl sein Gesicht als auch seine Größe sind total durchschnittlich.

Aber er schien angetan davon, dass ich so jung bin.

EIGHT MART

KUMADA

Kumada ...

Hm? Ja, genau.

Unange-neeehm ...

STARR

?

Nein, ich mag einfach Bären.

Ist deswegen dein Nickname Kumataro?

Ach so?

Mein richtiger Name ist Hashimoto.

Du bist ... Hashimoto.

Irgendwie unfair, wenn nur einer von uns den echten Namen kennt.

Mach das.

Ich kauf dann mal ein.

IST MIR SONST PEINLICH. LOL.

BENUTZ IN DER ÖFFENTLICHKEIT LIEBER MEINEN ECHTEN NAMEN.

OKAY!

Mit ihm kann man leicht ins Gespräch kommen.

Ich möchte zahlen.

Sofort.

Ähm, na ja ...

... ich wollte dich etwas fragen ...

Sag mal, bist du eigentlich Highschool-Schüler, Kumada?

Ja, wieso?

Hä?

Gibt es bestimmte Gründe, wieso ein Highschool-Schüler plötzlich anfangen würde, jemanden zu meiden?

Also, es gibt da ...

Wie kommst du über-haupt darauf ...?

Ob Teenager oder in den Zwanzigern, das ist ein himmelweiter Unterschied, okay?!

Hashimoto, wir sind jetzt vom Alter her nicht sooo weit auseinander ...

Dabei dachte ich, er hätte mich schon ins Herz geschlossen ...

Er meint mich. Lachsi.

... einen Spieler bei RFO, mit dem ich sonst viel zusammen zocke ...

... aber er hat vor Kurzem ange-fangen, mich zu meiden.

Hm?

... oder hab ich ihn doch irgendwie gemieden?

Hab ich irgendwas Falsches gesagt?

DEPRI

Oje ... dabei bin ich ihm doch gar nicht extra aus dem Weg gegangen ...

Es könnte ja auch nur zufällig so rüberkommen, als würde er dir aus dem Weg gehen, oder?

Ähm, vielleicht?

Ich glaube, du musst dir da nicht so viele Gedanken drum machen.

HACH ...

Ich würde ...

... gerne wieder mit ihm zusammen Quests machen.

Das so zu hören ist irgendwie peinlich ...

Dabei hat der Gute schamlos rausposaunt, dass er mich am allerliebsten mag ...

Du machst dir da echt zu viele Gedanken.

Ja ... kommt mir auch schon so vor.

Vor allem nicht, wenn er dich so mag.

Es könnte wirklich sein, dass dieser andere Spieler gar nicht vorhat, dich bewusst zu umgehen.

...

Wer weiß, vielleicht lädt er dich ja heute auf eine Quest ein?

Ähm, also ...

... bitte sei nicht so niedergeschlagen, ja?

Ach so?

Wenn du das so sagst, scheint mir das realistisch.

Nein, vielen Dank!

PFFT!

?!

Danke dir.

DANKE FÜR IHREN EIN—KAUF.

BIS BALD!

ist das für deine gilde ok?

heute geht das schon

lass uns quests abklappern (●>u<●)"

oh ja, voll gern!

wir haben überlegt quests zu machen, willst du auch mit?

Ja, bin dabei!

pls, ich freu mich drauf!

Hiii!

UMA!

Privatnachrichten

NEW

salted s

aaaaa

Riafar

Eine Message von Lachsi?

In letzter Zeit hat sich Lachsi seltsam verhalten, aber heute scheint alles wie immer zu sein ...

…
…?
salted salmon
ich weiß über dich und mr. a bescheid aber ich werde nicht gegen dich verlieren!
!
Er meint das Event?
Dann versuch es doch.
※ Ranking beim letzten Event
Platz 68
Platz 321
Platz 370
Er hat wegen seines Rangs …
… so viel Abstand gehalten!
Mit voller Kraft voraus eskaliert das Missver-ständnis.

Chronos
Einladung zur
Herausforderung
des Götterkerns

Event Points: 5.749.382

Momentanes Ranking

Platz 37

mr. a! krasser rang gerade! OMG lol

#12

um den rang zu erhöhen, darf man auf keinen fall die dailies und die wochenendboni verpassen

und die paid items

das ist nachvollziehbar. vor allem das mit den paid items

wenn das so weitergeht kannst du es in die top 10 schaffen xD

kommt drauf an, wie ich mich diesmal in den bonus quests anstelle

Sorry, ich muss so langsam offline.

was?!

aber gleich gibt's die dailies boni!

ich will mich bei den dailies heute an dich ranhängen mr. a ♥

ok, komm gerne mit!

haben sie sich etwa arbeit mit nach hause genommen?

Duzen!!! (´_>`)σ

hast du arbeit mit heimgenommen?

Ja, aber ich kann das schnell fertig machen.

Nun ja, ich hab hier noch etwas Arbeit liegen. Für heute muss ich aufgeben (´·ω·`)

uma is in letzter zeit echt selten online

ist echt busy mit seinem job

BIS MORGEN!

BYE!

Freundesliste

UMA
Zuletzt online vor 1 Minute
salted salmon

Online
Hiragi
Zuletzt online vor 12 Stunden
Kodama

Online
Meteo
Zuletzt on
Haruma

Online

...

Dabei ist auf Arbeit grad gar keine Hochphase ...

Herr Shirase!

HNNNG!

Tut mir leid, dass ich damit nach Feierabend komme, aber ich will das noch besprechen ...

Na ja, ist er eigentlich immer noch.

Ja, vor Kurzem konnte der noch echt gruselig sein.

HAHA!

In letzter Zeit ist Herr Shirase viel umgänglicher geworden!

GACKER

Vielleicht sollte ich auch mein Glück bei ihm versuchen!

NAIV

Aber irgendwie ist er freundlicher. Jetzt gibt's auch mehr Leute, die ihn im Visier haben ...

GACKER

GEISTES ABWESEND

Hä, wieso?!

Liegt dir was auf dem Herzen?

Du starrst diese Eier schon seit zehn Minuten an.

Missbraucht dein Boss seine Autorität? Dann schmeiß lieber hin.

Ach, nur diese Sache auf der Arbeit ...

Hm, du urteilst zu schnell.

Aber so schafft mein Boss gar nicht seine eigenen Aufgaben.

HERR SHIRASE!

In letzter Zeit bitten ihn mehr Kollegen um Hilfe. Vielleicht, weil er umgänglicher geworden ist.

Ich habe im Betrieb einen strengen, aber fähigen Boss.

So würde ich es nicht bezeichnen.

AKKURAT

Das Arbeitsleben muss echt hart sein.

Deswegen muss er jeden Tag Überstunden machen ...

Und ich glaube nicht, dass es daran liegt, dass er mir das nicht zutrauen würde ...

...

Leidet er vielleicht einfach gern?

Ich habe immer wieder meine Hilfe angeboten, aber er lehnt sie stets ab.

Nein, der ist eher vom Typ andere leiden lassen ...

Und wegen der Sache mit deinem Boss zerbrichst du dir so den Kopf?

Ja ...

Oder besser gesagt: wegen seines Umfelds.

Das ... ist es sicher nicht, stimmt's?

Da fragst du den Falschen.

Wobei ich ja glaube, dass die meisten es eh eigentlich auf Shirase „abgesehen" haben.

Viele spannen ihn ein, obwohl sie die Sachen mit ein bisschen Einsatz selbst lösen könnten.

Das gehört sich doch nicht, oder?

Ähm ... nein.

Das hört sich schon schlimm an ...

Und?

Was „und"?

Ich glaube, du musst dich da nicht so reinsteigern.

Du hast den Nagel auf den Kopf getroffen ...

Ku... Kumada!

Es gibt doch überhaupt keinen Grund, dir wegen deinem Boss so viele Sorgen zumachen!

GERÄUSPR

Herr Shirase!

Doch, ist es!

Ähm, nein, ist doch nichts Besonderes ...

Danke, dass du da so mit fühlst ...

Es stimmt schon, dass mich das nicht jucken sollte.

Ich wollte wegen dieser Sache fragen ...

Herr Shirase!

Ich gebe mir einfach bei meinen eigenen Aufgaben Mühe.

Entschuldigung, sehen Sie das?

Äh, Herr Shirase, kommen Sie bitte!

HERR SHIRASEEE!

TIPP

TIPP

TIPP

TAMM

TAMM

Frag Herrn Shirase einfach.

Er ist bestimmt sauer, wenn wir das verhauen ...

Oh, keinen Plan!

Wie genau macht man das?

Hier ist eine Anleitung dafür.

Danke, Hashimoto!

Nicht doch ...

STEIF

Und wenn das zu schwer verständlich ist, sind hier noch die Daten von früher.

STEIF

Ja, tatsächlich!

NEIN. DAFÜR IST ER NICHT ZUSTÄNDIG ...

HAAH ...

Wer soll das noch mal abnehmen? Herr Shirase?

Pass gut auf dich auf.

Danke, bis bald ...

Wenn ich mich nicht beeile, fangen die Bonusquests noch ohne mich an!

Oh nein!

Der verlässt sich andauernd nur auf Shirase!

Aber den Abteilungsleiter kannst du echt in die Tonne kloppen!

Da verschlägt es mir selbst die Sprache.

Das hat ...

... gar nichts mit dir zu tun, oder?

Ich hab das Mittagessen verpasst ...

... und habe meinen Rang abrutschen lassen.

Was mache ich da bloß?

Zumindest die Wochenendboni will ich auf keinen Fall verpassen!

Gar nichts ist gut ...

Hashimoto? Ich dachte, du bist schon gegangen?

Äh, nein, schon gut.

... die Bonus-quests haben schon angefangen, geh schnell heim!

STECH

Aber ... mein Part-ner fehlt!

Da kann ich die Quests doch nicht machen ...

...

Platz 260 ►

Platz 191 ►

du und uma seid echt nicht von schlechten eltern ... ich war mir so sicher dass ich gewinnen würde

Meine Bestleistung bisher! (^▽^)/

?

Mann, ey ... Gegen UMA zu verlieren ist echt frustrierend ...

UMA

Um das Thema von letztem Mal aufzugreifen: Ich habe gewonnen.

?!

ICH FÜHL MICH NOCH WEITER VON IHNEN ENTFERNT ALS VORHER...?

Und das habe ich nur dank meinem Partner geschafft.

?!

ähm, na ja, wenn du meinst

ich gebe mich noch nicht geschlagen!

mh? bist ja voller elan!

HASHIMOTO UND KUMADA ZU WEIHNACHTEN

HAAH ...

MEINE ERSTE GESCHÄFTSREISE

(˘ω˘)
ZZZ

Dabei war er am Bahnhof noch so nervös.

Jawohl!

Sie werden uns auch rumführen, also sei besonders aufmerksam dabei.

Heute haben wir um 15 Uhr die Konferenz mit der Ortsgruppe XX ...

15 : 00	会合
16 : 00	△△支部見学
18 : 00	CHECK-IN IM XX-HOTEL (ZWEIBETTZIMMER)
7 : 80	BESUCH BEI FRANCHISE-GESCHÄFTEN IN DER UMGEBUNG
12 : 00	MITTAGESSEN

OJE.

Ich war die ganze Zeit so mit der Konferenz beschäftigt ...

... dass ich mich gar nicht mit den anderen Details befasst habe.

Um 18 Uhr checken wir im Hotel ein.

Moment ...

Shirase schläft dann im Bett neben mir?

...

...

Kann ich da überhaupt einschlafen?

Ähm ... Zweibett...

... Zweibettzimmer?

...

Das heißt, wir schlafen im gleichen Raum?

Ich muss aufpassen, dass mir kein Fauxpas passiert ...

Das macht mich nervöser als die Konferenz heute.

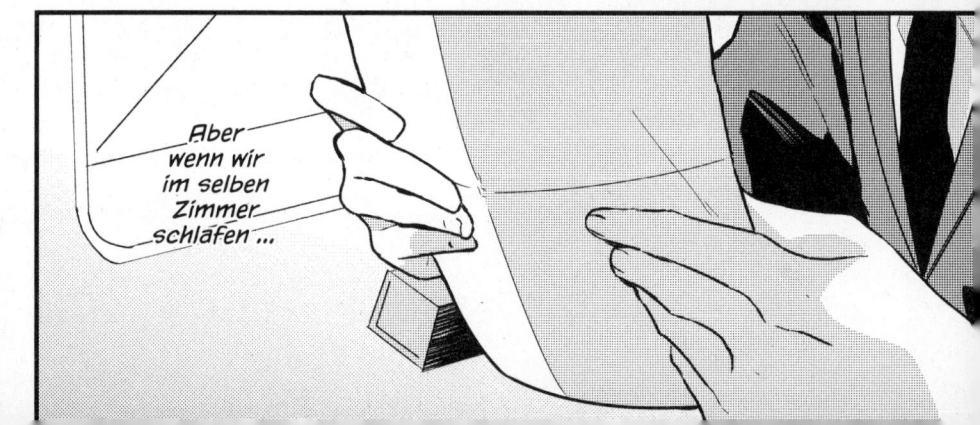

Aber wenn wir im selben Zimmer schlafen ...

Hashi-
moto.

Lass uns
schlafen
gehen.

Wir
müssen
morgen
früh raus.

Natür-
lich.

LOGOUT

Ich dachte,
wenn wir im
selben Zimmer
schlafen ...

... krieg ich
vielleicht seine
Bauchmuskeln
zu sehen!

KATSCHACK

SCHON UM-
GEZOGEN

*Ich war ver-
dammt naiv.*

Hm?!

Äh, ja.

Normaler-
weise bist du
zu dieser Zeit
immer online,
stimmt's?

*Na ja,
morgen
muss er sich
ja auch noch
mal umzie-
hen ...*

...

*Macht
er sich Ge-
danken um
mich?*

UM MEINE
NERVOSITÄT ZU
MILDERN ...

Da fällt
mir ein, bald
fängt ein
Gildenevent
an.

Das ist
wahr. Und es
sind viele komi-
sche Käuze unter-
wegs, allein den
Chat zu lesen, ist
da recht witzig.

Bei
den ganzen
Leuten, die
online sind, ist
es bestimmt
einfach, die
Quests zu
machen.

Ja, das
verstehe
ich.

Ja.

Ich?

Willst du nicht auch mit, Shirase?

Ich wollte das als Anlass nehmen, in eine Gilde einzutreten.

Kommt letztendlich auf die Gilde an.

Das ist wahr ...

Lass uns morgen darüber sprechen.

Ich habe mich eh noch nicht entschieden.

Ich hätte es einfach lieber, wenn du dabei wärst.

...

Ich mache das Licht aus. Morgen müssen wir um halb sechs aufstehen.

Äh, alles klar. Gute Nacht.

SCHAAAAH
KWIEH
BATAMM
BLINZEL
KLATTER
AUFSETZ
...?
5:01 A.M.
Shirase?
Sorry, habe ich dich auf-geweckt?

SCHAAAH
#14
Soll ich mir die Zeit vertreiben, bis der Regen abklingt?
RASCHEL
RASCHEL
ES SCHÜTTET JA RICHTIG!
FLAPP
5 %.
18 : 05
5%
...
Mann.

STILLE

Der kann mir grad am allermeisten gestohlen bleiben!

ich werde niemals nie nicht gegen dich ver— lieren!

Zusam-
men-
fassung
vom
letzten
Mal

...

Manno! Der ist bestimmt superbeliebt.

Kaum noch Akku – und jetzt diese unangenehme Atmosphäre.

Ist dir nicht kalt?

Nein, alles gut.

Okay.

VROOOM

SCHAAAAH

Du arbeitest nebenbei im Konbini hinter dem XX-Bahnhof, stimmt's?

Äh, ja. Weißt du das von Mr. A?

Ja.

Oh ... ach ja?

Manchmal spricht er von dir.

Ach ja, Kumataro ...
Hm?
Verzeih, falls ich völlig danebenliege ...
... aber bist du vielleicht Lachsi?
?!

Gilde und Alter haben übereingestimmt, außerdem sind deine Macken beim Kämpfen die gleichen.

Dacht ich's mir doch.

Äh ... wie ... was?!

Okay ...

Äh ...

Seit wann weißt du es?

Wie gut ist seine Beobachtungsgabe bitte?

Hab erst seit Kurzem eine Ahnung.

UND WELCHE MACKEN ...?

...

Tut mir leid, ich wollte niemanden absichtlich täuschen oder so.

Da mache ich mir auch keine Gedanken drum.

SIE WAREN MEIN ZIELGRUPPEN-MUSTER!

DAS HAT ER GE-HÖRT?

Ah, das meinst du?

... dafür muss ich mich auch entschuldigen. Ich wollte euch nicht belau-schen ...

Na ja, das ist zwar in gewisser Weise schon peinlich ...

... aber es ist jetzt nichts, was mir große Kopfschmerzen bereitet, wenn es jemand mitbe-kommt.

Saison?

Und von der Saison abhängig.

Na ja, das ist individuell unterschiedlich.

Ich hatte immer die Vorstellung, dass Leute, die schon arbeiten, sich dafür extra Zimmer nehmen ...

Ich glaube, kurz vor Rechnungsabschluss passiert das öfter.

Es kommt auch darauf an, was die Leute genau machen (welcher Geschäftszweig).

Ähm ... es gibt eine Saison dafür?

Weil dann alle mehr Stress abbauen müssen?

Oha!

Interessiert dich das so? (Geschäftsreisen.)

Ähm, na ja ... in meinem Alter ist das normal.

Das ist wahr ...

Äh, nein, das muss nicht sein.

Wenn du so neugierig bist, willst du dann wissen, wie es letztes Mal gelaufen ist?

Wirklich?

?

IST MAN SO GELASSEN, WENN MAN EINEN FREUND HAT?

ER REDET DA VÖLLIG UNBEFANGEN DRÜBER.

SCHAAAH

BLINK

BLINK

Hier soll ich dich rauslassen?

Genau.

Danke fürs Mitnehmen.

...

Mach dir keinen Kopf.

Uma.

T.SCHACK

Tut mir leid, dass ich beim Zocken in letzter Zeit so schlecht drauf bin.

Hm? Okay ...

... was meinst du denn mit schlecht drauf sein?

ICH WERDE NIEMALS NIE NICHT GEGEN DICH VERLIEREN!

Du musst wirklich nicht so tun, als hättest du es schon vergessen.

Ich hab das inzwischen reflektiert.

Nein, ich mein's ernst.

SEIN FIEBER IST JA RECHT HOCH ...

Ob er klar- kommt?

Kümmert sich je- mand um ihn?

Ein Fami- lienmit- glied ...

... oder hat er eine Bezie- hung?

...

Na ja ...

... das hat mich eigentlich gar nicht zu interessie- ren.

8

Was?

Na ja ...

Könntest du mir bitte Hashimotos ...

... Adresse verraten?

... er hat doch heute Morgen erzählt, er sei so fiebrig.

Deswegen wollte ich ihm einen Krankenbesuch abstatten.

Und ...

... ich mach auch bestimmt nix Blödes oder so!

Was Blödes ...?

...

Ich werde ...

... statt-dessen nach ihm sehen.

Warum machst du so ein Ge-sicht?

Ähm, d... danke?

Deswegen sollte ich mich da eigentlich nicht einmischen, aber ...

Und ich glaube, das bist du auch tatsächlich.

Du wirkst wie ein Erwachsener, auf den man sich verlassen kann, Shirase.

SHIRASE, 17 JAHRE ALT

HASHIMOTO, 12 JAHRE ALT

#16

Mann ...

... das tut mir echt leid!

Also ist es noch nicht ganz weg ...

Aber schon deutlich besser geworden!

Mach dir keinen Kopf.

SETZ DICH BITTE AUFS SOFA!

Du bist nicht nur her gekommen, sondern hast auch noch Pudding mit gebracht ...

WISCH WISCH WISCH

Als ich vorhin gemessen habe, waren es 37,2 Grad.

ICH SETZE MICH AUF DEN BODEN. DU SOLLTEST DICH HINLEGEN.

NICHT DOCH ...

Wie ist dein Fieber?

ICH HATTE SEIT DER HIGHSCHOOL NICHT MEHR SO HOHES FIEBER. ICH BIN SELBST ÜBERRASCHT!

Tut mir leid für den ganzen Aufruhr ... Morgen bin ich wieder am Schreibtisch!

Übernimm dich nicht.

"Ist doch normal, dass man sich ..."

"... mehr über Besuch vom Liebsten freut."

DAMALS WAR ES ABER ECHT DIE INFLUENZA!

Was könnten wir denn getan haben, dass er uns für ein Paar gehalten hat?

RATTER ?? ?

RATTER

DAS WAR MEINE ERSTE INFLUENZA. WAR RICHTIG SCHLIMM ...

UND DAS IST BEIM IRL-TREFFEN PASSIERT?

Ich hätte nicht gedacht, dass so ein Missverständnis entstehen könnte.

RATTER

Dann ...

...

Aber ich ...

... werde auch nicht aufgeben.

... meinte er damit ...

CHECKT ÜBERHAUPT NICHTS →

Das ist verzwickter als gedacht.

?

HAAH

HAT JETZT DEN DURCHBLICK

... hast du nachher noch etwas vor?

Nein, nichts Spezielles.

?

Ähm, Shirase ...

Ja?

W... wenn du magst ...

... würde ich mich freuen, wenn du noch etwas bleibst ...

Wieso?

Ähm ...

LIEBSTER!

Kannst du nicht?

HAAH ...

Wollen wir nicht wenigstens eine Quest machen?

?!

Nein, ich war nicht online! Guck nach, wann ich zuletzt eingeloggt war!

STARR

Du hast doch nicht etwa heute ...

Na schön, aber nur eine.

SONST GEHT DEIN FIEBER HOCH.

!

KOMM. NUR EINE!

BLINZEL

ÖCHÖH

GÖHÖH
GÖHÖH

GUWÖH

LOADING ...

Vielen Dank!

Dann direkt ran da!

Hey, du darfst dich nicht so aufregen!

WOB-BEL

Ja, Kumataro wäre echt top gewesen. Leute, die ihre Beschwörer so weit entwickeln, sind selten! Wäre es nicht auf zwei Leute beschränkt gewesen, hätten wir ihn fragen können. Wenn man als Gilde solche Quests macht, braucht man so jemanden auf jeden Fall für Buffs. Allein durch seine Anwesenheit sinkt der Schwierigkeitsgrad vieler Sachen. Und die Waffen für Beschwörer ...

GRÜBEL GRÜBEL
GRÜBEL GRÜBEL GRÜBEL
GRÜBEL

HOCHGEPRIESEN

...

Das war doch so knapp letztes Mal!

Oh, diese Quest?

Aber wenn ich die Klasse wechsle, dann kriegen wir das auf jeden Fall hin!

Wenn wir einen Beschwörer wie Kumataro dabeihätten, wäre das wirklich einfacher.

Du und Kumada seid sehr eng, nicht wahr?

Hashimoto ...

Ja?

Er ist ein guter Junge. Wenn ich in den Konbini gehe, grüßt er mich jedes Mal!

OH. HI. KUMADA!

HALLO. HASHIMOTO!

Ja, mit ihm kann man super quatschen!

Das liegt sicher daran, dass er dich unbedingt erwischen wollte.

Letztens war er eigentlich grad in der Pause, aber ist extra dafür nach vorn gekommen.

HASHIMO-TOOO!

Und neulich sind Freunde von ihm vorbeigekommen.

KU-MAAA!

Dann hat er superleise mit ihnen geredet ...

... ist das nicht unglaublich? Zu meiner Schulzeit hätte ich mit meinen Leuten richtig Lärm gemacht.

FLÜSTER

FLÜSTER

FLÜSTER

FLÜSTER

FLÜSTER

?!

MACHT SOFORT DIE FLIEGE.

WOAH ...

LMAO!

FLÜSTER

WAS IST DENN AUF EINMAL?

ALTER. NICHT SO LAUT!

FLÜSTER

FLÜSTER

FLÜSTER

FLÜSTER

FLÜSTER

FLÜSTER

FLÜSTER

KEIF

Sei nicht so fies, haha!

Klappe und macht euch vom Acker! Der will nix mit euch zu tun haben!

Kumada ist schon so erwachsen!

KEIF

KEIF

?

...

Ähm ...

?

Hey, Kuma! Die stehen an der Kasse schon an!

Du und Hashimoto, ihr seid doch ein Paar?

Entschuldigen Sie die lange Wartezeit.

STARR

STARR

Oh nein!

Ich muss weg.

PLAPPER — PLAPPER

PLAPPER

Da geht Kuma seit Neuestem voll drauf ab!

Ach so, Riafaru, oder?

PLAPPER

PLAPPER

Wir kennen uns vom Zocken ...

Hey Mann, was haben du und Kuma miteinander am Laufen?

PASS AUF, WAS DU SAGST.

SCHRECK

So krass, dass ich glaube, es muss einen Spieler geben, auf den er steht!

Ob- wohl ich es ...

Okay, wir gehen dann mal ...

... in dem Moment eigentlich hätte verneinen müssen ...

... konnte ich das nicht tun. Weil ich so aufgewühlt war?

Nein ...

... habe ich ...

NEUHEIT

NEUHEIT

... es bewusst nicht ver- neint?

Hashimoto

Bin gleich da!

alles klar!

vielen dank für alles heute, wirklich!

komm gut zu hause an!

TUT

TUT

hause an!

PFFT ...

PLOPP

ZACK

mr. a, uma!

lachsi! heyoo

Hi!

#17

SST

...

SST

wie bei so einem kennenlern–date!

HAHAHA!

seid ihr gerade irl zusammen?

OH!

Gut erkannt.

ja weil ihr gar nicht im chat redet

AUCH WENN ICH DAS SCHON VORHER GEAHNT HABE!

bin neidisch! und wann habt ihr denn zu zweit eure gilde gegründet?

vor kurzem, heute besprechen wir das auch noch genauer

Und so wird das Missverständnis noch größer.

Schon okay.

Äh, bitte entschuldige das grade eben, meine Finger sind ausgerutscht, besser gesagt ... ich hab mich zu weit aus dem Fenster gelehnt ...

Ich treffe dich ja das erste Mal so richtig privat!

Aber das mit dem Kennenlernen war ernst gemeint.

Wenn wir uns noch besser kennenlernen könnten ...
... wäre ...
... das ...
PA
TT
STREICH
Eine Strähne steht ab.
???
WACKEL
WACKEL
Oh, Verzeihung! Und danke schön!
WIE PEINLICH!

Ist ...

... Shirase in letzter Zeit ...

... nicht irgendwie seltsam drauf?

Fühlt es sich nicht an, als wäre er zu freundlich, oder besser: als würde er mich verhätscheln?

Halt, stopp! Ich kann mich doch nicht zu einem Gedanken wie „Vielleicht verhätschelt Shirase mich" hinreißen lassen!

Ähm, Shirase ...

... kann es sein, dass ich mich in letzter Zeit auf der Arbeit gut anstelle?

Nicht wirklich, wieso?

?

Äh, okay?

ICH BIN DA WIRKLICH ZU ÜBERMÜTIG ...

Oh!

Du hast recht.

Reden wir nicht an einem freien Tag über die Arbeit.

Oooooh! Super! So können wir das endlich abschließen! Ja, der ist selten, hat nur 5 Prozent Spawn-Rate, ich fass es nicht, wir sollten uns buffen, wenn wir noch so nah sind, wenn ich alleine wäre, hätte die Zeit nicht gereicht, egal wie krass ich meine Werte erhöhe, ich hab den schon etliche Male mit einer Range Attack eingefroren und an-gegriffen ...

PLAPPER

PLAPPER

PLAPPER

PLAPPER

EIN SHIRASE (WILD, SELTSAME FORM) ERSCHEINT!

Das ist selten!

FREU FREU

FREU FREU

Du bist der Beste!

Soll ich gleich Krabben mit auf die Liste packen?

Oh, willst du mich etwa einladen?

Vielen Dank für alles heute!

Ich muss mich auch bedanken.

?

Ich bin so froh!

Ich konnte dich ausschließlich als meinen Vorgesetzten sehen ...

Bis vor Kurzem hatte ich noch solche Angst vor dir ...

... aber mit der Zeit habe ich angefangen, mit dir als Mensch zu reden.

Das ist mir bewusst.

Wundert mich auch nicht.

Und jetzt bist du für mich wie ein Freund!

SCHRECK

...

ERLEICHTERT

Dort sehe ich natürlich zu dir als meinem Vorgesetzten auf!

Na... na... natürlich ist das auf der Arbeit ganz anders!

Oje, ich bin schon wieder so übermütig!

WUSCHEL

Und deshalb will ich später auch so werden wie du.

WUSCHEL

Uwah?!

Da hast du noch viel vor dir.

Ja ... natürlich ...

HM ...

...

Makoto Shirase

70%

Gelesen

legen wir uns fürs kommende gildenevent ins zeug, shirase!

Streben wir mindestens Platz 50 an.

Ich geb alles!

Gelesen

PATT

SCHWÄRM SCHWÄRM

Das heute war echt wie ein Date ...

Dabei haben wir nur über das Spiel geredet.

Haach ...

PLOPP

Es kam überhaupt nicht so rüber, wie ich wollte ...

Hotties machen mir Angst ...

HASHIMOTO (12 JAHRE) UND KUMADA (8 JAHRE)

HASHIMOTO UND KUMADA AN EINEM REGENTAG

Heute ist der Glücks—tag ...

... für alle mit dem Sternzeichen Wassermann!

#18

Ihre Glückszahl ist 12!

Und Ihr Glücks—objekt ist ein Manga!

Alles, was Sie an—gehen, wird Ihnen ge—lingen.

Vor allem in der Liebe stehen die Sterne exzel—lent! Wenn Sie einen Schritt wagen wollen, tun Sie es heute!

7 : 58

1-PLAT

ALLES, WA
VOR ALLE
WENN SIE

GLÜCK
GLÜCK

Schönen Feierabend!

Danke schön. Oh!

Na, wegen meinem Klub ...

Hach, die Jugend ...!

Ich komm grad von der Arbeit.

Der hier ist interessant!

Du bist auch hier, um dir Manga zu kaufen?

Ich hatte beim letzten Band das Gefühl, dass er schon zu Ende ist.

Ja, ich auch!

Das Glück ist komplett auf meiner Seite!

Voll gerne!

Kumada, wollen wir demnächst mal zusammen abhängen?

Ich will RFO zocken und über Manga quatschen!

DAS MACHT 680 YEN.

IM LETZTEN BAND HAT DER HAUPTCHARAKTER AM ENDE ...

„Vor allem in der Liebe stehen die Sterne exzellent! Wenn Sie einen Schritt wagen wollen, tun Sie es heute!"

H... Hashimoto!
Hast du noch einen Moment Zeit?
Ja, hab ich, was ist denn?
Ähm ...
Es gibt etwas ...
... das ich dir sagen will.
?
ABER DAS SOLLTEN WIR AM BESTEN WOANDERS MACHEN ...
OKAY!

Was wolltest du mir denn sagen?

Ähm ...

Oh!

Es gibt doch in Riafaru diesen Spieler namens Salted Salmon.

Davor sollte ich dir besser noch etwas anderes beichten.

Das meine ich nicht.

GILDE DER FINSTERNIS UND DES TODES

Bist du mit Lachsi befreundet? Moment, ihr seid ja in der gleichen Gilde!

?

HAUPTACCOUNT

?

ALT

Kumataro
ist mein
Alt ...

Ich bin
Lachsi.

Was ...
aber ...
waaaaas
...?

ZUCK

Der Gro-
schen fällt
länger als
gedacht.

Wa...
waaaaas?!

Moment,
das heißt
doch ...

Nein,
schon gut,
aber ...

Tut mir
leid, es muss
wirken, als
hätte ich dich
mit Absicht
getäuscht.

ER HAT DANN SICHER AUF MICH RÜCKSICHT GENOMMEN ... WIE UNANGENEHM!

Und ich ...

Dabei dachte ich, er hätte mich schon ins Herz geschlossen ...

Waaaah ...

... ich habe beim Betroffenen um Rat gefragt!

... meine Persönlichkeit ist ja ganz anders ...

... habe so gezögert, dich wissen zu lassen, dass ich Lachsi bin, weil ...

HÄ?

Da musst du dir keine Gedanken drum machen, ist doch toll!

Besser gesagt, das ist doch richtig niedlich!

※ DIE NICHT NIEDLICHE FRAKTION

Ja, wenn man Lachsi in die Höhe ziehen würde, sähe er dir irgendwie ähnlich.

Dran zu denken, was andere verletzen könnte, ist nicht so dein Ding, hm?

NICHT SEIN ERNST ...

Wirklich?

Aber jetzt wo ich's weiß, kriege ich dich gedanklich absolut mit Lachsi zusammen!

SORRY ...

Dich mag das stören, aber ich bin froh drüber.

Es ist nicht selbstverständlich, dass man mit jemandem auch IRL gut auskommt, mit dem man online befreundet ist, oder?

Ich bin froh, dass du Lachsi bist.

...

ICH SCHÄTZE MICH
GLÜCKLICH, DASS
WIR EH SCHON BE-
FREUNDET SIND!

Was ist
denn los,
Kumada?

Hast du
Hunger?

Ich geh was kau-fen und komm zu...

Bitte warte!

Klar, du warst ja bis eben beim Klub!

Oh, echt? Was denn?

Ich will dir doch noch was sagen ...

Ähm ... okay?

Des-wegen ... mh ...

Ich ... ich weiß, was zwischen dir und Shirase läuft.

Aber ich kann einfach nicht aufgeben!

Äh ...?
Sorry, dass das so plötzlich kommt ...
... aber ich habe da schon lange drüber nach-gedacht.

... will er mich für seine Gilde abwerben!

... HAB ICH SCHON GE-HÖRT!

VON SO WAS ...

Vi...

Vielleicht ...

Ähm, Kumada ...

Ja, das muss es sein!

Ja?

UM-AAAA-

KOMM BITTE HER!

Mit Shirase und mir muss unsere Gilde gemeint sein. Ist das eine logische Schluss-folgerung?

GILDE DER FINSTERNIS UND DES TODES

... klar musste es so kommen ...

Schönes Angebot, aber ich muss ablehnen ...

Oh ...

ENTSCHIEDEN

Tut mir leid, aber in solchen Sachen will ich aufrichtig sein.

Und Shirase und ich haben uns versprochen, dass wir unser Bestes geben würden.

Entschuldige dich doch nicht!

REDET ÜBER DIE GILDE

Auf jeden Fall! Und lass uns gern auch wieder zusammen abhängen!

Ähm ... wirst du trotzdem noch beim Konbini vorbeischauen?

Hashimoto ...

GERÜHRT

Ich hatte dabei ja eh nichts zu verlieren.

Aber ich bin trotzdem froh darüber!

WIR SEHEN UNS DA!

ICH KOMM WIEDER BEIM KOMBINI VORBEI!

Ich dachte schon, er gesteht mir gleich seine Liebe ...

Tut mir leid, es ist einfach so unfassbar!

Wie oft willst du das noch sagen?

Es ist genau ein Jahr her, seit Shirase an seinen jetzigen Posten versetzt wurde.

Ver-dammter ...

... auf-getakelter Teufels-boss!

SCHLUCK

Jawohl ...

Das ist inakzep-tabel.

Mach alles noch mal neu.

Am Anfang hielt ich ihn für einen schrecklichen, gruseligen Menschen ...

... aber mittlerweile hängen wir auch privat zusammen ab!

... jetzt muss ich das schon wieder neu machen?!

Mann, dieser teuflische Boss ...

Pfft ...

EHRLICH

Das Leben ist wirklich unglaub-lich ...

Wie kommst du denn darauf?

Sein Lächeln ...

... ist für mich nicht mehr un- gewohnt.

Hier.

DIESE AUS-STRAH-LUNG ...

Warum guckst du so?

BLINZEL

BLINZEL

Ich bin geblen-det ...

Und wenn ich das getan habe, gerade weil ich wusste, wie das wirkt?

MURMEL

Es ist echt gruselig, dass euch gut aussehenden Typen völlig abgeht, wie so was rüberkommt.

Hm?

Unser Plan für heute ist rappelvoll.

Wenn du mit dem Essen fertig bist, dann lass uns gehen.

Äh, ja!

„Und wenn ich das getan habe, gerade weil ich wusste, wie das wirkt?"

...

Klar ...

... für Shirase war das sicher auch unangenehm ...

Tut mir leid, dass er das machen musste ...

Ja.

UND ICH HABE EINE MENGE MITBRINGSEL GEKAUFT!

Hach, heute war echt schön!

WÄRE ES NICHT SCHLAUER, DIR DIE IN EINEM PÄCKCHEN ZUZU-SENDEN?

QUETSCH
QUETSCH

Okay ...

Ach ja, lass uns heute vor dem Abendessen ins Onsen gehen!

PLAPPER

PLAPPER

FWAPP

BOING

Oh, aber bei den Umkleiden sind Münzschließfächer! Dann brauche ich Kleingeld ...

Shampoos und so was haben die vor Ort, stimmt's?

PLAPPER

...

?

Ich bekomm langsam das Gefühl, du raffst es niemals ...

Hast du was gesagt?

HA

ᴖ ᴖ

Waaaaah! Bis wir zurück sind, ist noch Urlaub! Kein Wort mehr über die Arbeit!

Da können wir bei der Arbeit morgen richtig abliefern.

Die drei Tage sind im Nu vergangen!

Oje, krass, was im Overworld-Chat abgeht, haha!

Da fällt mir ein, ab heute gibt's ein neues Event bei Riafaru!

...

Hier.

Gibt es schon Infos dazu?

Anscheinend ist das Event höllisch schwer!

Das sollten wir beide zusammen hinkriegen.

Hm?

Shirase, mir kommt es schon seit einer Weile so vor ...

...

?

SCHRECK

... als würdest du sehr tiefes Vertrauen in mich setzen. Kann das sein?

ABER WIESO?

LOCKER

Ja, tue ich.

Agh ...

Sorry. Ich weiß, das bezieht sich nur auf das Spiel, aber das ...

Hashi-moto?

... macht mich trotzdem so glücklich.

Hashi-moto ...

Sorry, ich hab mich gehen lassen!

Hashimoto.

Ja?

Willst du mit mir gehen?

Hashi...

Aber jetzt gerade geht das nicht.

Was meinst du damit?

Na ja ...

... du ...

Was?

Ähm ...

Was?!

Ähm ...

... meinst doch das Event, über das wir geredet haben? Dass du jetzt hingehen willst?

Aber unser Flugzeug startet bald, daher ...

...

Hä? Aber ...

Das kann nicht wahr sein. In welcher Welt interpretiert man das denn so?

Äh, Shirase?

Hach ...

Hm?

Ja. Lass uns die Event-Quest angehen, wenn wir zurück sind.

Äh, jawohl!

Ver... Verzeihung! Habe ich irgendwas falsch verstanden?

Schon gut.

Ich kann das machen!

Nein, ich will mir kurz die Beine vertreten.

Ich hol Getränke. Willst du auch was?

Alles klar.

Ach so ... dann bitte Oolong-Tee.

Ich ...

... bin überwältigt!

Ich wusste nicht, dass er so lächeln kann!

Er war ja sogar derjenige, der mich auf den Trip eingeladen hat!

Irgendwie war Shirase auf dieser Reise ganz besonders lieb.

Und dann hat er mir zum Schluss auch noch dieses offene Lächeln gezeigt ...

... fast, als ob ...

Das war ein bisschen zu über-stürzt.

UNSER FLUGZEUG STARTET BALDI

Aber ich hätte nicht gedacht, dass er dermaßen schwer von Begriff ist.

Was soll's ...

Was ist passiert?

Ähm ...

HUFF ...
HUFF ...

Shirase!

Letztes Kapitel

HAAH

... sorry, falls ich falsch-liege ...

HAAH

Aber war das vorhin ...

Womit ...?

?

... vielleicht ...

... als Liebes-erklärung gemeint?

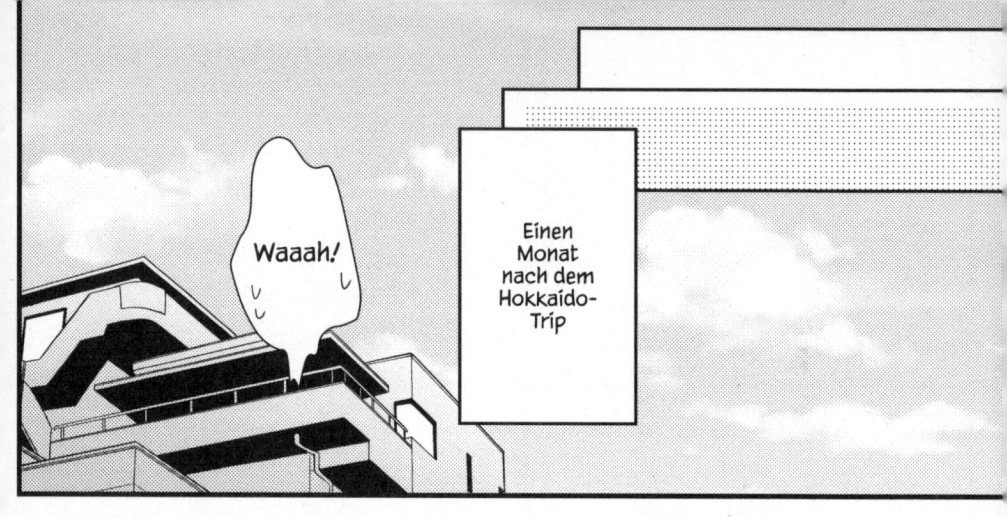

Waaah!

Einen Monat nach dem Hokkaido-Trip

Aaaargh!

YOU LOSE

Shirase und ich sind ...

Nein, nein, nein, nein, nein!

TIPP TIPP TIPP TIPP TIPP

Versuchen wir es noch einmal, Shirase!

Okay.

... nein.

FWAPP

... die allerbesten Gaming-Freunde gew...

Das war knapp!

Ich hätte nur noch zwei Sekunden gebraucht ...

VORHIN WAR DER ANGRIFF HÖHER.

Wir sind ein Paar geworden.

Aber wir probieren das erst mal nur aus.

ICH GLAUBE. DAS LAG NUR AN DEN BUFFS.

Er hatte mir an jenem Tag am Flughafen seine Gefühle gestanden.

Beruhige dich.

Und du meinst dabei wirklich mich? Wirklich?!

Und das hast du bei vollem, komplett klarem Bewusstsein getan?

Habe ich.

Und so teilte er nochmals seine Gefühle mit.

Ich liebe dich, Hashimoto.

Erst mal habe ich hinterfragt, ob er noch bei Sinnen ist.

Aber ich wusste nicht, ob ich das Gleiche wie er empfand oder es eher auf Respekt ihm gegenüber beruhte.

WOAH ...

ERRÖT

... ich mochte ihn schließlich auch.

Ich habe mich darüber gefreut ...

Als ich ihm das offen so sagte, schlug er vor, dass wir das mit der Beziehung ja erst mal ausprobieren könnten.

Und so
landeten
wir hier.

Ich ...

Ich
freue mich
darauf ...

BLick

Ich habe
mich echt
gefragt, wie
das werden
soll, aber
bisher ...

Ich hab
das erste Mal
einen Partner
vom gleichen
Geschlecht. Und
dann ist es auch
noch Shirase!

Wir gehen gemeinsam nach Hause, essen zusammen ...

... und können viel öfter Zeit miteinander verbringen.

Mit Angriffen durchzupreschen wäre sicher besser, als auf Beständigkeit zu setzen.

Stimmt. Dann nutzen wir mehrere Angriffs-Buffs.

... gab es wirklich ...

... null Probleme.

Sorry, bin endlich fertig.

HAB DIE KLASSE GE-WECHSELT.

Ach, kein Problem!

Aber unsere Unterhaltungen drehen sich in letzter Zeit nur ums Zocken ...

... nach Beziehung an ...

Es fühlt sich nicht ...

... son-
dern so,
als ...

... wären
wir beste
Freunde,
oder?!

Meinetwegen
kann das auch
für immer so
bleiben.

TAPP

TAPP

Na ja, wir
haben ja
zusammen
Spaß.

Vielleicht
läuft das so
bei homo-
sexuellen
Paaren.

Endlich haben wir unser IRL-Treffen!

HERZLICH WILLKOM-MEN!

Ja ...

Wir haben echt ewig keinen Termin gefunden.

UND ÜBER MANGA QUATSCHEN!

Lass uns heute viel RFO zocken!

Jap.

LOADING ...

Ich habe immer noch nicht aufgegeben.

Ach, wegen der Gilde ...

Wie läuft es in letzter Zeit so mit Shirase?

Mit Shirase?

Wir verstehen uns prächtig.

Hm ...

Nur Spaß.

HAHAHA.

Im Moment vergeht mir bei so was das Lachen ...

Na ja, wenn ihr euch trennt, kannst du mich jederzeit kontaktieren.

Uwah ...

Wo-von?

Wieso weißt du davon ...?

Äh, alles okay bei dir?!

Warte ... was ...

ÖHÖH!

GÖHÖH!

KLATTER

Beruhig dich erst mal! Was ist denn los?

HÄ?

Hast du?!

Was ist denn auf einmal? Ich hab doch schon vor Ewigkeiten gesagt, dass ich das weiß!

Na, dass Shirase und ich zusammen sind!

Ja, habe ich!

Aber damals waren wir noch gar nicht zusammen?!

Ich weiß das schon seit eurem ersten IRL-Treffen!

DAS WAR SO ... UND SO!

Aber damals habt ihr ...

Moment, lass uns das erst mal sortieren!

?!

Was? Jetzt brauchst du es auch nicht mehr zu leugnen!

Ich leugne doch überhaupt nichts! Echt nicht!

Alle Missverständnisse wurden geklärt.

Ja, tut mir leid ...

Jetzt mal halblang. Du dachtest, ich will dich für die Gilde rekrutieren?

Ähm ...
also ich freue
mich wirklich
drüber, aber du
bist viel zu gut
für mich!

Mich
hat so einiges
überrascht, aber
was das angeht,
muss ich mich
echt entschuldi-
gen. Ich dachte
damals sogar ...

... für einen
Moment,
dass du mir
vielleicht
deine Liebe
gestehst.

Hab
ich ja
auch!

Es
tut mir
wirklich
leid!

Hör auf,
mir nach
der langen
Zeit noch
mal einen
Korb zu
geben!

Es
gibt
viel
geeig-
netere
Part...

Du hast
recht.

Da...
danke?

Außerdem ist
es meine Sache,
wen ich liebe,
klar! Und ich
mag eben dich,
Hashimoto!

Und, wie
läuft es mit
Shirase?

Wie es
läuft?

Jetzt bin
ich doch
trotzig ge-
worden.

Entschul-
digung,
echt ...

Du hast echt Ausdauer, Kumada!

Danke.

Vielleicht gibt's ja eine Chance für mich, einzuschreiten?

Seit ihr ein Paar seid!

Ein homosexuelles Paar zu sein ist so erfrischend.

?

WIESO ERFRISCHEND?

Aber es läuft blendend.

Dadurch ist unsere Gilde auch weitergekommen ...

Fast, als wären wir eher beste Freunde als ein Paar?

Und das macht mega Spaß!

Wenn wir Zeit haben, essen und zocken wir zusammen.

Hashimoto, ist das dein Ernst?

Wie?

Nein, Shirase will das nicht!

Was? Aber ich glaube, für ihn ist das auch so ...

Beste Freunde? Da tut mir Shirase echt leid ...

Ich weiß, wie er sich fühlen muss ...

Was soll das heißen?!

WAR SICH DESSEN ...

... ÜBERHAUPT NICHT BEWUSST.

VERSTÄNDNISLOSE MIENE

?

Befreundet und in einer Beziehung zu sein ist nicht das Gleiche.

Ich würde zumindest nicht wollen, dass mein Partner mich nur für einen Freund hält.

?!

Jedenfalls wird er dir vom Fleck weg ausgespannt, wenn du bei einem Prachtexemplar wie ihm so leichtsinnig bist.

Solltest du auch.

Wenn du das so sagst, kann ich das nachvollziehen ...

Ich denke drüber nach.

Mach das.

Danke, Kumada.

Jetzt helf ich ihm auch noch aus seinem Schlamassel.

HASHIMOTO IST ABER, WAS DAS ANGEHT, AUCH ECHT PANNE ...

...

„Befreundet und in einer Beziehung zu sein ist nicht das Gleiche."

...

HM ...

Aber was hilft mir das Wissen? Was soll ich denn tun?

Er liegt vollkommen richtig. Dass er als Highschool-Schüler mich da zurechtweisen muss ...

DEIRI

TUSCHEL

TUSCHEL

TUSCHEL

Hey, lass das! Ich will es auch noch bei Herrn Shirase versuchen.

Herr Shirase und Frau Yamazaki sehen echt gut zusammen aus! Ob die ein Paar sind?

TUSCHEL

Hast du die beiden gesehen?

...

TUSCHEL

Beim ihm ist mein Wille aus Stahl! Ich geb nicht auf!

Um Herrn Shirase buhlen doch endlos viele Leute.

Selbst wenn er Single ist, solltest du aufgeben.

AUSGESPANNT

PRACHTEXEMPLAR

AUSGESPANNT

AUSGESPANNT

AUSGESPANNT

AUSGESPANNT

AUSGESPANNT

AUSGESPANNT

ICH BIN IHM IMMER SO NAH, DASS ICH DEN WALD VOR LAUTER BÄUMEN NICHT GESEHEN HABE.

Es ist, wie Kumada sagt ... wie kann ich nur so leichtsinnig sein!

Sie haben recht ... Shirase ist verdammt beliebt ...

SST

Aber ...

Wäre für Shirase nicht wirklich jemand wie Frau Yamazaki geeigneter?

Ich ... ich kann nicht! Rückzug!

WEND

GNH ...

FWUPP

BLITZ

AAAAH!

WAAAAH

Gerade eben ...

... hat er noch nicht so gelächelt.

Hashimoto, du hast mir die Bearbeitung von gestern noch nicht gegeben.

Entschuldigung!

Es ist Feierabend, Shirase!

HOPs

Wollen wir Udon essen gehen?

Der Laden, der neulich erst aufgemacht hat, ist echt top!

Meinst du den hinter dem Bahnhof?

...?

Okay.

Der ist richtig gut!

Nein, noch nicht.

Genau! Warst du etwa schon da?

TXHLURP

TXHLURP

WEGEN DEM KOMMENDEN EVENT ...

Shirase, kann ich mit dir zu Mittag essen?

Shirase, kannst du schon Schluss machen? Wollen wir was trinken gehen?

TAPP TAPP

Shirase, also an unserem freien Tag ...

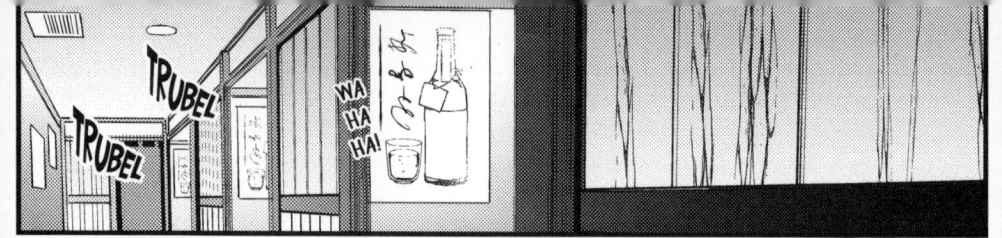

Hey, Hashi-moto.

Ja?

Bei dem Event will ich es in die Top 10 schaffen!

Okay ...

...?

SCHLUCK

Wir müssen nicht extra essen gehen, damit ich mit dir über das Zocken rede.

Da hast du vollkommen recht.

Wir reden aber nur über das Spiel ...

Ja, schon ...

Na ja, wir führen ja immerhin eine Beziehung.

Aber wie kommst du jetzt darauf?

Ja.

...

Neulich hast du im Flur mit Frau Yamazaki geredet, weißt du noch?

Ich weiß, dass ihr über die Arbeit geredet habt.

Hey. Hashimoto!

Ich will dir auf keinen Fall Untreue oder so was unterstellen!

Aber ...

... ich war trotzdem ...

... ein bisschen eifersüchtig.

Wahrschein-
lich, weil ich
dich liebe.

Eifer-
sucht ist
da normal
...

STILLE

VERBEUG

Aber dass
ich sogar
auf eine
Kollegin
eifersüchtig
bin ...

Tut mir leid,
dass ich da
so ein Fass
aufmache!

ZÖGER

Shira...

Ich habe mit dir keine beziehungs-typischen Sachen ge-macht ...

ERRÖT

... weil ich warten wollte, bis du dir dei-ner Gefühle klar geworden bist.

?!

Aber wenn du dich danach fühlst ...

SST

DONK

WAR IHM ÜBERHAUPT NICHT BEWUSST

TUT MIR LEID ...

Aber jetzt verstehe ich, dass dir das überhaupt nicht bewusst war.

... mache ich auch solche Dinge mit dir.

Okay?

FASSUNG: BEWAHRT?!

Äh ...

... okay.

ERRÖT

Ende

Mein geliebter
Gaming-Freund
ist mein fieser
Boss?! Σ(•□•)

Bonus

Sag mal ...

... selbst wenn wir annehmen, dass das eine Art Date war ...

... fällt dir nichts anderes ein, was man so als Pärchen tut?

Zum Beispiel?

Ähm ...

Nein, ich hatte schon Ideen, was man sonst noch so machen könnte!

... ähm ...

Zum Beispiel ...

... zu-
sammen-
wohnen
und so.

Der
Vertrag für
meine Woh-
nung läuft
nächsten
Monat
aus.

Passt
zeitlich
doch per-
fekt ...

—DACHTE
ICH MIR.

BWAAH

...

Ich hab auch schon gedacht, dass das etwas zu voreilig wäre!
Voll der Abtörner!
Deswegen hab ich das noch nicht angesprochen!
Mir macht das aber nichts aus.
Was, es wäre für dich okay?!
Für mich schon.
Ich frag lieber noch mal.
Dir ist schon klar, was du da vorschlägst?

Ähm ...

... äh ...

!

...?

... also ...

...

Wirklich?

Ja, wirklich!
Du musst mich
nicht wie ein
Kind behandeln,
okay?!

FFH ...

Dann
lassen wir
das doch
lieber.

Nein,
nein, das
ist schon
in Ord-
nung!

Das wollte ich gar nicht ...

... ich will nur nicht, dass du mich irgendwann überhast.

Ach ... Shirase, du ...

Hm?

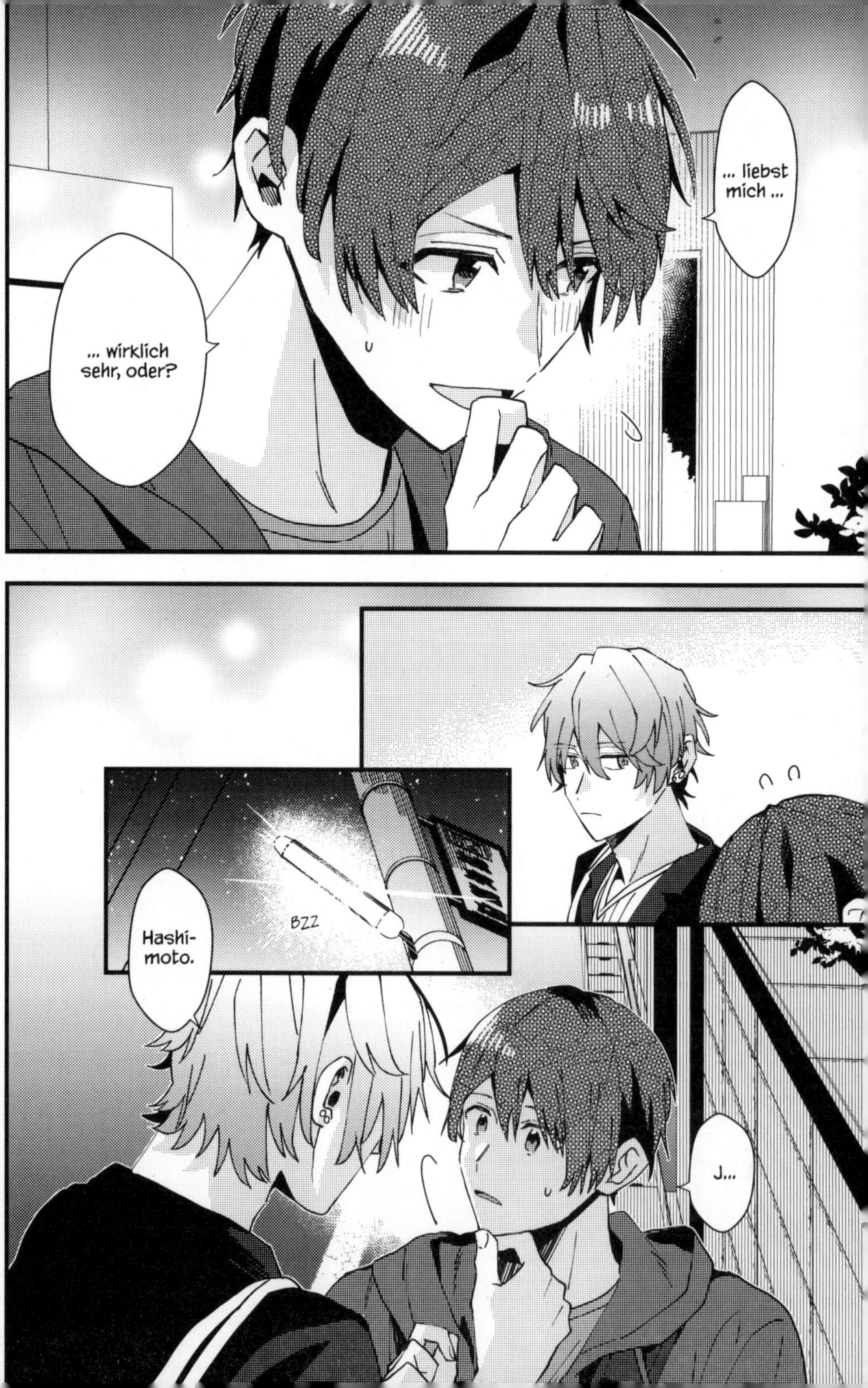

... liebst mich ...
... wirklich sehr, oder?
BZZ
Hashi-moto.
J...

BWA

AAH

Kann es
sein ...

... dass
ich mir einen
Liebsten ge-
angelt habe,
der es faust-
dick hinter
den Ohren
hat?!

SHI...
SHIRASE,
WARTE
DOCH!

Ende

Mein geliebter
 Gaming-Freund
ist mein fieser
 Boss?! ∑(•□•)

CELLS AT WORK! BLACK
von *Shigemitsu Harada &*
Issey Hatsuyoshiya & Akane Shimizu
☐ Band 01-08
14x21 | SC | Action | Science | 16+
€ 10,– (D) | **Abgeschlossen**

CUTIE AND THE BEAST
von *Yuhi Azumi*
☐ Band 01   ISBN: 978-3-96433-390-2
☐ Band 02   ISBN: 978-3-96433-391-9
☐ Band 03   ISBN: 978-3-96433-392-6
14x21 | SC | Romance | 13+
€ 7,99 (D)

DAS LAND DER JUWELEN
von *Haruko Ichikawa*
☐ Band 01-05
☐ Band 06   ISBN: 978-3-96433-194-6
☐ Band 07   ISBN: 978-3-96433-223-3
☐ Band 08   ISBN: 978-3-96433-236-3
☐ Band 09   ISBN: 978-3-96433-245-5
☐ Band 10   ISBN: 978-3-96433-288-2
☐ Band 11   ISBN: 978-3-96433-438-1
14x21 | SC mit Klappen | Fantasy | 12+
€ 10,– (D)

DEMON SLAYER –
Kimetsu no Yaiba
von *Koyoharu Gotouge*
☐ Band 01-05
☐ Band 06   ISBN: 978-3-96433-406-0
☐ Band 07   ISBN: 978-3-96433-407-7
☐ Band 08   ISBN: 978-3-96433-408-4
☐ Band 08   ISBN: 978-3-96433-462-6
            + Schuber | € 15,– (D)
☐ Band 09   ISBN: 978-3-96433-409-1
☐ Band 10   ISBN: 978-3-96433-410-7
☐ Band 11   ISBN: 978-3-96433-411-4
☐ Band 12   ISBN: 978-3-96433-412-1
☐ Band 13   ISBN: 978-3-96433-413-8
☐ Band 14   ISBN: 978-3-96433-414-5
☐ Band 01-08 ISBN: 978-3-96433-701-6
            + Schuber | € 75,– (D)
☐ Band 15   ISBN: 978-3-96433-415-2
            August 2022
☐ Band 16   ISBN: 978-3-96433-416-9
            Oktober 2022
☐ Band 16   ISBN: 978-3-96433-699-6
            + Schuber | € 18,– (D)
            Oktober 2022
☐ Band 09-16 ISBN: 978-3-96433-702-3
            + Schuber | € 80,– (D)
            Dezember 2022
☐ Band 17   ISBN: 978-3-96433-477-0
            Dezember 2022
☐ Band 18   ISBN: 978-3-96433-570-8
            Februar 2023
14x21 | SC | Action | 13+
€ 10,– (D)

DEMON SLAYER –   **NEU**
Kimetsu no Yaiba: Blume des Glücks
Light Novel
von *Koyoharu Gotouge & Aya Yajima*
☐ Einzelband ISBN: 978-3-96433-771-9
            November 2022
14x21 | SC | Action | 13+
€ 14,– (D)

☐ Band 09   ISBN: 978-3-96433-421-3
            Januar 2023
14x21 | SC mit Schutzumschlag | Action | 16+
€ 25,– (D)

BLAME! 0: NOiSE
Master Edition
von *Tsutomu Nihei*
☐ Einzelband ISBN: 978-3-96433-140-3
16x24 | HC | Science-Fiction | 16+
€ 20,– (D) | **Abgeschlossen**

BLAME!
Master Edition
von *Tsutomu Nihei*
☐ Band 01-06
16x24 | HC | Science-Fiction | 16+
€ 28,– (D) | **Abgeschlossen**

BLAME! +:
Die Flucht der Elektrofischer
Master Edition
von *Koutarou Sekine & Tsutomu Nihei & BLAME!*
Production Committee
☐ Einzelband ISBN: 978-3-96433-320-9
16x24 | HC | Science-Fiction | 16+
€ 20,– (D) | **Abgeschlossen**

BLOOD ON THE TRACKS   **NEU**
von *Shuzu Oshimi*
☐ Band 01   ISBN: 978-3-96433-601-9
            September 2022
☐ Band 02   ISBN: 978-3-96433-684-2
            November 2022
☐ Band 03   ISBN: 978-3-96433-685-9
            Januar 2023
☐ Band 04   ISBN: 978-3-96433-686-6
            März 2023
14x21 | SC | Drama | 16+
€ 10,– (D)

BLUE PERIOD
von *Tsubasa Yamaguchi*
☐ Band 01-05
☐ Band 06   ISBN: 978-3-96433-419-0
☐ Band 07   ISBN: 978-3-96433-437-4
☐ Band 08   ISBN: 978-3-96433-446-6
☐ Band 09   ISBN: 978-3-96433-566-1
☐ Band 10   ISBN: 978-3-96433-576-0
☐ Band 11   ISBN: 978-3-96433-683-5
            Februar 2023
14x21 | SC | Special | 15+
€ 10,– (D)

CELLS AT WORK!
von *Akane Shimizu*
☐ Band 01-06
14x21 | SC mit Klappen | Comedy | 13+
€ 10,– (D) | **Abgeschlossen**

CELLS AT WORK!
An die Arbeit, Blutplättchen!
von *Yuko Kakihara & Yasu &*
Akane Shimizu
☐ Band 01-04
14x21 | SC | Comedy | Science | 13+
€ 7,99 (D) | **Abgeschlossen**

6TH BULLET
von *Yusuke Osawa*
☐ Einzelband ISBN: 978-3-96433-088-8
14x21 | SC | Science-Fiction | 16+
€ 15,– (D) | **Abgeschlossen**

A MAN AND HIS CAT
von *Umi Sakurai*
☐ Band 01-05
☐ Band 06   ISBN: 978-3-96433-527-2
            August 2022
☐ Band 07   ISBN: 978-3-96433-696-5
            November 2022
☐ Band 08   ISBN: 978-3-96433-697-2
            Februar 2023
14x21 | SC | Slice of Life | 15+
€ 10,– (D)

ABARA   **NEU**
Master Edition
von *Tsutomu Nihei*
☐ Einzelband ISBN: 978-3-96433-717-7
            Dezember 2022
16x24 | HC | Science-Fiction | 16+
€ 28,– (D)

AFTERIMAGE SLOW MOTION
von *Jyanome*
☐ Einzelband ISBN: 978-3-96433-503-6
14x21 | SC | Boys Love | 16+
€ 10,– (D) | **Abgeschlossen**

APOSIMZ – Das Land der Puppen
von *Tsutomu Nihei*
☐ Band 01-05
☐ Band 06   ISBN: 978-3-96433-431-2
☐ Band 07   ISBN: 978-3-96433-432-9
☐ Band 08   ISBN: 978-3-96433-433-6
☐ Band 09   ISBN: 978-3-96433-434-3
            Januar 2023
14x21 | SC mit Klappen | Science-Fiction
15+ | € 10,– (D)

APOSIMZ
Full Color Master Edition
von *Tsutomu Nihei*
☐ Band 01   ISBN: 978-3-96433-324-7
16x24 | HC | Farbe | Science-Fiction | 15+
€ 30,– (D)

AYANASHI
von *Yukihiro Kajimoto*
☐ Band 01-04
14x21 | SC | Science Fiction | Action | 12+
€ 10,– (D) | **Abgeschlossen**

BASILISK
Master Edition
von *Futarō Yamada & Masaki Segawa*
☐ Band 01-02
16x24 | HC | Fantasy | History | 16+
€ 28,– (D) | **Abgeschlossen**

BLADE OF THE IMMORTAL
2in1 Perfect Edition
von *Hiroaki Samura*
☐ Band 01-05
☐ Band 06   ISBN: 978-3-96433-376-6
☐ Band 07   ISBN: 978-3-96433-377-3
☐ Band 08   ISBN: 978-3-96433-420-6
            Oktober 2022

HEAVENLY DELUSION – Das verlorene Paradies
von Masakazu Ishiguro
☐ Band 01-05
☐ Band 06 ISBN: 978-3-96433-610-1
September 2022
☐ Band 07 ISBN: 978-3-96433-767-2
März 2023
14x21 | SC | Science-Fiction | 15+
€ 10,– (D)

HI SCORE GIRL
von Rensuke Oshikiri
☐ Band 01-10
14x21 | SC | Slice of Life | 13+
€ 10,– (D) | **Abgeschlossen**

HITORIJIME MY HERO
von Memeco Arii
☐ Band 01 ISBN: 978-3-96433-626-2
☐ Band 02 ISBN: 978-3-96433-627-9
September 2022
☐ Band 03 ISBN: 978-3-96433-628-6
November 2022
☐ Band 04 ISBN: 978-3-96433-629-3
Januar 2023
☐ Band 05 ISBN: 978-3-96433-630-9
März 2023
14x21 | SC | Boys Love | 15+
€ 10,– (D)

I'M IN LOVE WITH THE VILLAINESS   NEU
von Aonoshimo & Inori. & Hanagata
☐ Band 01 ISBN: 978-3-96433-739-9
März 2023
14x21 | SC | Girls Love | 13+
€ 10,– (D)

I'M STANDING ON A MILLION LIVES
von Naoki Yamakawa & Akinari Nao
☐ Band 01-05
☐ Band 06 ISBN: 978-3-96433-545-6
☐ Band 07 ISBN: 978-3-96433-546-3
☐ Band 08 ISBN: 978-3-96433-547-0
☐ Band 09 ISBN: 978-3-96433-548-7
September 2022
☐ Band 10 ISBN: 978-3-96433-549-4
November 2022
☐ Band 11 ISBN: 978-3-96433-677-4
Jnauar 2023
14x21 | SC | Fantasy | 13+
€ 10,– (D)

ICH BIN EINE SPINNE, NA UND?
von Okina Baba & Asahiro Kakashi
☐ Band 01-05
☐ Band 06 ISBN: 978-3-96433-249-3
☐ Band 07 ISBN: 978-3-96433-287-5
☐ Band 08 ISBN: 978-3-96433-303-2
☐ Band 09 ISBN: 978-3-96433-451-0
☐ Band 10 ISBN: 978-3-96433-611-8
☐ Band 11 ISBN: 978-3-96433-674-3
Dezember 2022
14x21 | SC | Fantasy | Action | 13+
€ 10,– (D)

FIST OF THE NORTH STAR Master Edition
von Buronson & Tetsuo Hara
☐ Band 01 ISBN: 978-3-96433-748-1
Dezember 2022
☐ Band 02 ISBN: 978-3-96433-749-8
März 2023
16x24 | HC | Action | 16+
€ 28,– (D)

GANTZ – 3in1 Perfect Edition
von Hiroya Oku
☐ Band 01 4in1 Edition
☐ Band 02-12
14x21 | SC mit Klappen | Science-Fiction
16+ | € 20,– (D) | ab Band 09 € 25,– (D)
Abgeschlossen

GANTZ:E
von Hiroya Oku & Jin Kagetsu
☐ Band 01 ISBN: 978-3-96433-476-3
☐ Band 02 ISBN: 978-3-96433-568-5
☐ Band 03 ISBN: 978-3-96433-569-2
Dezember 2022
14x21 | SC | Science-Fiction | 16+
€ 10,– (D)

GANTZ:G – 3in1 Perfect Edition
von Hiroya Oku & Keita Iijika
☐ Einzelband ISBN: 978-3-96433-571-5
14x21 | SC | Science-Fiction
16+ | € 25,– (D) | **Abgeschlossen**

GOLDEN KAMUY
von Satoru Noda
☐ Band 01-05
☐ Band 06 ISBN: 978-3-96433-305-6
☐ Band 07 ISBN: 978-3-96433-318-6
☐ Band 08 ISBN: 978-3-96433-227-1
☐ Band 09 ISBN: 978-3-96433-240-0
☐ Band 10 ISBN: 978-3-96433-326-1
☐ Band 11 ISBN: 978-3-96433-436-7
☐ Band 12 ISBN: 978-3-96433-444-2
☐ Band 13 ISBN: 978-3-96433-450-3
☐ Band 14 ISBN: 978-3-96433-389-6
☐ Band 15 ISBN: 978-3-96433-493-0
☐ Band 16 ISBN: 978-3-96433-494-7
☐ Band 17 ISBN: 978-3-96433-495-4
☐ Band 18 ISBN: 978-3-96433-496-1
September 2022
☐ Band 19 ISBN: 978-3-96433-497-8
November 2022
☐ Band 20 ISBN: 978-3-96433-498-5
Januar 2023
☐ Band 21 ISBN: 978-3-96433-499-2
März 2023
14x21 | SC | Action | History | 16+
€ 10,– (D)

GREEN WORLDZ
von Yusuke Osawa
☐ Band 01-08
14x21 | SC mit Klappen | Survival Horror
16+ | € 10,– (D) | **Abgeschlossen**

DIE BLUMEN DES BÖSEN – Aku no Hana 2in1 Edition
von Shuzo Oshimi
☐ Band 01 ISBN: 978-3-96433-528-9
3in1 Edition
☐ Band 02 ISBN: 978-3-96433-529-6
☐ Band 03 ISBN: 978-3-96433-530-2
☐ Band 04 ISBN: 978-3-96433-531-9
☐ Band 05 ISBN: 978-3-96433-532-6
14x21 | SC | Drama | 15+
Band 1 € 20,– (D) | ab Band 2 € 15,– (D)
Abgeschlossen

DIE TAGEBÜCHER DER APOTHEKERIN – Geheimnisse am Kaiserhof
von Natsu Hyuuga & Itsuki Nanao & Nekokurage & Touco Shino
☐ Band 01 ISBN: 978-3-96433-557-9
☐ Band 02 ISBN: 978-3-96433-558-6
☐ Band 03 ISBN: 978-3-96433-559-3
☐ Band 04 ISBN: 978-3-96433-560-9
☐ Band 05 ISBN: 978-3-96433-561-6
☐ Band 06 ISBN: 978-3-96433-562-3
September 2022
☐ Band 07 ISBN: 978-3-96433-563-0
November 2022
☐ Band 08 ISBN: 978-3-96433-564-7
Januar 2023
☐ Band 09 ISBN: 978-3-96433-565-4
März 2023
14x21 | SC | Mystery | 15+
€ 10,– (D)

DOROHEDORO 2in1 Edition
von Q-Hayashida
☐ Band 01 3in1 Edition
☐ Band 02-05
☐ Band 06 ISBN: 978-3-96433-487-9
☐ Band 07 ISBN: 978-3-96433-572-2
August 2022
☐ Band 08 ISBN: 978-3-96433-489-3
Oktober 2022 | € 18,– (D)
☐ Band 09 ISBN:978-3-96433-490-9
Dezember 2022 | € 18,– (D)
☐ Band 10 ISBN: 978-3-96433-491-6
Februar 2023 | € 20,– (D)
14x21 | SC | Fantasy | 16+ | € 15,– (D)
Band 08-09 € 18,– (D) | Band 10 € 20,– (D)

DOU KYU SEI – Verliebt in meinen Mitschüler
von Asumiko Nakamura
☐ Einzelband ISBN: 978-3-96433-206-6
14x21 | SC | Boys Love | 15+
€ 10,– (D) | **Abgeschlossen**

EVERYDAY ESCAPE   NEU
von Shouichi Taguchi
☐ Band 01 ISBN: 978-3-96433-602-6
September 2022
☐ Band 02 ISBN: 978-3-96433-680-4
Januar 2023
14x21 | SC | Girls Love | 13+
€ 7,99 (D)

EX-ARM
von HiRock & Shin-ya Komi
☐ Band 01-14
14x21 | SC mit Klappen | Science-Fiction
16+ | € 10,– (D) | ab Band 13 € 12,– (D)
Abgeschlossen

Band 02 ISBN: 978-3-96433-714-6
Januar 2023
Band 03 ISBN: 978-3-96433-715-3
März 2023
14x21 | SC | Action | 16+
€ 10,– (D)

MEIN GELIEBTER GAMING-FREUND IST MEIN FIESER BOSS?! Σ(･口･)　NEU
von Nmura
Einzelband ISBN: 978-3-96433-612-5
14x21 | SC | Boys Love | 15+
€ 14,– (D) | **Abgeschlossen**

MEIN SCHULGEIST HANAKO
von Aidalro
Band 00-05
Band 06 ISBN: 978-3-96433-439-8
Band 07 ISBN: 978-3-96433-440-4
Band 08 ISBN: 978-3-96433-441-1
Band 09 ISBN: 978-3-96433-442-8
Band 10 ISBN: 978-3-96433-443-5
Band 11 ISBN: 978-3-96433-614-9
Band 12 ISBN: 978-3-96433-615-6
Band 13 ISBN: 978-3-96433-616-3
August 2022
Band 14 ISBN: 978-3-96433-617-0
Oktober 2022
Band 15 ISBN: 978-3-96433-618-7
Januar 2023
14x21 | SC | Fantasy | Mystery | 13+
€ 7,99 (D)

MEIN SCHULGEIST HANAKO – After School
von Aidalro
Einzelband ISBN: 978-3-96433-613-2
14x21 | SC | Fantasy | Mystery | 13+
€ 7,99 (D) | **Abgeschlossen**

MEIN SCHULGEIST HANAKO ARTBOOK
von Aidalro
Band 01 ISBN: 978-3-96433-588-3
Band 02 ISBN: 978-3-96433-766-5
Oktober 2022
DIN A4 | HC | Farbe | Fantasy | Mystery | 13+
€ 30,– (D)

MIERUKO-CHAN – Die Geister, die mich riefen
von Tomoki Izumi
Band 01 ISBN: 978-3-96433-609-5
Band 02 ISBN: 978-3-96433-621-7
Band 03 ISBN: 978-3-96433-622-4
August 2022
Band 04 ISBN: 978-3-96433-623-1
Oktober 2022
Band 05 ISBN: 978-3-96433-624-8
Dezember 2022
Band 06 ISBN: 978-3-96433-625-5
Februar 2023
14x21 | SC | Mystery | 15+
€ 7,99 (D)

MUSHISHI Perfect Edition
von Yuki Urushibara
Band 01-10
14x21 | SC | Fantasy | 15+
€ 15,– (D) | **Abgeschlossen**

Band 09 ISBN: 978-3-96433-592-0
Februar 2023
14x21 | SC | Comedy | Romance | 13+
€ 7,99 (D)

KNIGHTS OF SIDONIA Master Edition
von Tsutomu Nihei
Band 01-05
Band 06 ISBN: 978-3-96433-366-7
Band 07 ISBN: 978-3-96433-367-4
November 2022
16x24 | HC | Science-Fiction | 16+
€ 28,– (D)

KUHIME
von Hideo Takenaka
Band 01-04
14x21 | SC mit Klappen | Horror | 16+
€ 10,– (D) | **Abgeschlossen**

LAID-BACK CAMP
von afro
Band 01-05
Band 06 ISBN: 978-3-96433-426-8
Band 07 ISBN: 978-3-96433-427-5
Band 08 ISBN: 978-3-96433-428-2
Band 09 ISBN: 978-3-96433-429-9
Band 10 ISBN: 978-3-96433-430-5
Band 11 ISBN: 978-3-96433-537-1
Band 12 ISBN: 978-3-96433-577-7
14x21 | SC | Slice of Life | 13+
€ 10,– (D)

LAYLA UND DAS BIEST, DAS STERBEN MÖCHTE
von Asato Konami & Eziwa Saito
Band 01-04
14x21 | SC mit Klappen | Abenteuer | 12+
€ 10,– (D) | **Abgeschlossen**

LIFE LESSONS WITH URAMICHI
von Gaku Kuze
Band 01 ISBN: 978-3-96433-550-0
Band 02 ISBN: 978-3-96433-551-7
Band 03 ISBN: 978-3-96433-552-4
Band 04 ISBN: 978-3-96433-553-1
Band 05 ISBN: 978-3-96433-554-8
Band 06 ISBN: 978-3-96433-555-5
September 2022
14x21 | SC | Comedy | 15+
€ 7,99 (D)

LOVE OF KILL
von Fe
Band 01 ISBN: 978-3-96433-575-3
Band 02 ISBN: 978-3-96433-579-1
Band 03 ISBN: 978-3-96433-580-7
September 2022
Band 04 ISBN: 978-3-96433-581-4
November 2022
Band 05 ISBN: 978-3-96433-582-1
Januar 2023
Band 06 ISBN: 978-3-96433-583-8
März 2023
14x21 | SC | Action | 16+
€ 7,99 (D)

LOVELOCK OF MAJESTIC WAR
von Tatsuya Shihira
Band 01 ISBN: 978-3-96433-713-9
November 2022

ICH BIN EINE SPINNE, NA UND? Die vier Schwestern
von Gratinbird & Okina Baba & Tsukasa Kiryu & Asahiro Kakashi
Band 01 ISBN: 978-3-96433-533-3
Band 02 ISBN: 978-3-96433-534-0
Band 03 ISBN: 978-3-96433-535-7
Band 04 ISBN: 978-3-96433-536-4
August 2022
Band 05 ISBN: 978-3-96433-672-9
März 2023
14x21 | SC | Fantasy | Comedy | 13+
€ 10,– (D)

ICH KANN DICH NICHT ERREICHEN　NEU
von Mika
Band 01 ISBN: 978-3-96433-608-8
August 2022
Band 02 ISBN: 978-3-96433-668-2
November 2022
Band 03 ISBN: 978-3-96433-669-9
Februar 2023
14x21 | SC | Boys Love | 15+
€ 7,99 (D)

IT'S MY LIFE
von Imomushi Narita
Band 01-11
14x21 | SC | Fantasy | 13+
€ 10,– (D) | **Abgeschlossen**

JOJO'S BIZARRE ADVENTURE – Part 1: Phantom Blood
von Hirohiko Araki
Band 01 ISBN: 978-3-96433-395-7
Band 02 ISBN: 978-3-96433-396-4
Band 03 ISBN: 978-3-96433-397-1
14x21 | SC | Action | 16+
€ 12,– (D) | **Abgeschlossen**

JOJO'S BIZARRE ADVENTURE – Part 2: Battle Tendency
von Hirohiko Araki
Band 01 ISBN: 978-3-96433-398-8
Band 02 ISBN: 978-3-96433-399-5
Band 03 ISBN: 978-3-96433-474-9
Band 04 ISBN: 978-3-96433-475-6
August 2022
14x21 | SC | Action | 16+
€ 14,– (D)

**JOJO'S BIZARRE ADVENTURE –　NEU
Part 3: Stardust Crusaders**
von Hirohiko Araki
Band 01 ISBN: 978-3-96433-513-5
Oktober 2022
Band 02 ISBN: 978-3-96433-514-2
Dezember 2022
Band 03 ISBN: 978-3-96433-515-9
Februar 2023
14x21 | SC | Action | 16+
€ 14,– (D)

KANOJO MO KANOJO – Gelegenheit macht Liebe
von Hiroyuki
Band 01-05
Band 06 ISBN: 978-3-96433-589-0
August 2022
Band 07 ISBN: 978-3-96433-590-6
Oktober 2022
Band 08 ISBN: 978-3-96433-591-3
Dezember 2022

TRICKS DEDICATED TO WITCHES NEU
von Shizumu Watanabe
- Band 01 ISBN: 978-3-96433-603-3
- Band 02 ISBN: 978-3-96433-604-0
  August 2022
- Band 03 ISBN: 978-3-96433-435-0
  Oktober 2022
- Band 04 ISBN: 978-3-96433-644-6
  Dezember 2022

14x21 | SC | Action | 15+
€ 10,– (D)

TWILIGHT OUTFOCUS
von Jyanome
- Band 01-02

14x21 | SC | Boys Love | 16+
€ 10,– (D) | Abgeschlossen

TWITTERING BIRDS NEVER FLY
von Kou Yoneda
- Band 01-05
- Band 06 ISBN: 978-3-96433-422-0
- Band 07 ISBN: 978-3-96433-423-7

14x21 | SC | Boys Love | 16+
Band 1 € 10,– (D) | ab Band 2 € 12,– (D)

WANDANCE NEU
von Coffee
- Band 01 ISBN: 978-3-96433-718-4
  Oktober 2022
- Band 02 ISBN: 978-3-96433-719-1
  Dezember 2022
- Band 03 ISBN: 978-3-96433-720-7
  Februar 2023

14x21 | SC | Special | 15+
€ 10,– (D)

YAKUZA REINCARNATION NEU
von Takeshi Natsuhara & Hiroki Miyashita
- Band 01 ISBN: 978-3-96433-705-4
  März 2023

14x21 | SC | Action | 15+
€ 10,– (D)

- Band 12 ISBN: 978-3-96433-543-2
- Band 13 ISBN: 978-3-96433-654-5
  Februar 2023

14x21 | SC | Comedy | 13+
€ 7,99 (D)

SOLOIST IN A CAGE
von Shiro Moriya
- Band 01 ISBN: 978-3-96433-640-8
- Band 02 ISBN: 978-3-96433-641-5
  August 2022
- Band 03 ISBN: 978-3-96433-642-2
  November 2022

14x21 | SC | Mystery | 16+
€ 14,– (D)

SOMALI UND DER GOTT DES WALDES
von Yako Gureishi
- Band 01-06

14x21 | SC | Fantasy | 12+
€ 10,– (D)

SOTSU GYO SEI – Verliebt in meinen Mitschüler
von Asumiko Nakamura
- Band 01 ISBN: 978-3-96433-279-0
- Band 02 ISBN: 978-3-96433-289-9

14x21 | SC | Boys Love | Abgeschlossen
15+ | € 10,– (D)

SURVIVING WONDERLAND
von Tabasa Iori
- Band 01-03

14x21 | SC | Horror | Mystery | 16+
€ 10,– (D) | Abgeschlossen

TEKKON KINKREET Master Edition
von Taiyō Matsumoto
- Einzelband ISBN: 978-3-95981-734-9

16x24 | HC | Science-Fiction | 15+
€ 32,– (D) | Abgeschlossen

THE HOLY GRAIL OF ERIS
von Kujira Tokiwa & Hinase Momoyama & Yu-nagi
- Band 01 ISBN: 978-3-96433-471-8
- Band 02 ISBN: 978-3-96433-472-5
- Band 03 ISBN: 978-3-96433-473-2
- Band 04 ISBN: 978-3-96433-405-3
- Band 05 ISBN: 978-3-96433-598-2
  September 2022
- Band 06 ISBN: 978-3-96433-599-9
  Februar 2023

14x21 | SC | Mystery | 15+
€ 7,99 (D)

TONIKAWA – Fly me to the Moon
von Kenjiro Hata
- Band 01-05
- Band 06 ISBN: 978-3-96433-457-2
- Band 07 ISBN: 978-3-96433-458-9
- Band 08 ISBN: 978-3-96433-459-6
  September 2022
- Band 09 ISBN: 978-3-96433-460-2
  November 2022
- Band 10 ISBN: 978-3-96433-461-9
  Januar 2023
- Band 11 ISBN: 978-3-96433-645-3
  März 2023

14x21 | SC | Romance | 13+
€ 7,99 (D)

MY BOY NEU
von Hitomi Takano
- Band 01 ISBN: 978-3-96433-725-2
  Oktober 2022
- Band 02 ISBN: 978-3-96433-726-9
  Dezember 2022
- Band 03 ISBN: 978-3-96433-727-6
  Februar 2023

14x21 | SC | Drama | 15+
€ 10,– (D)

MY HOME HERO
von Naoki Yamakawa & Masashi Asaki
- Band 01 ISBN: 978-3-96433-605-7
- Band 02 ISBN: 978-3-96433-606-4
- Band 03 ISBN: 978-3-96433-607-1
  August 2022
- Band 04 ISBN: 978-3-96433-655-21
  Oktober 2022
- Band 05 ISBN: 978-3-96433-656-9
  Dezember 2022
- Band 06 ISBN: 978-3-96433-657-6
  Februar 2023

14x21 | SC | Thriller | 16+
€ 10,– (D)

MY NEXT LIFE AS A VILLAINESS: Wie überlebe ich in einem DATING-GAME?
von Satoru Yamaguchi & Nami Hidaka
- Band 01-05
- Band 06 ISBN: 978-3-96433-556-2
- Band 07 ISBN: 978-3-96433-600-2

14x21 | SC | Fantasy | 15+
€ 10,– (D)

PARATAXIS Master Edition
von Shintaro Kago
- Einzelband ISBN: 978-3-95981-750-9

16x24 | HC | Science-Fiction | 16+
€ 20,– (D) | Abgeschlossen

QUIN ZAZA – Die letzten Drachenfänger
von Taku Kuwabara
- Band 01-05
- Band 07 ISBN: 978-3-96433-293-6
- Band 08 ISBN: 978-3-96433-358-2
- Band 09 ISBN: 978-3-96433-359-9
- Band 10 ISBN: 978-3-96433-360-5
- Band 11 ISBN: 978-3-96433-639-2
  September 2022
- Band 12 ISBN: 978-3-96433-695-8
  März 2023

14x21 | SC mit Klappen | Fantasy | 15+
€ 10,– (D)

RG VEDA Master Edition
von CLAMP
- Band 01-05

16x24 | HC | Fantasy | 12+
€ 28,– (D) | Abgeschlossen

SHOJO-MANGAKA NOZAKI-KUN
von Izumi Tsubaki
- Band 01-05
- Band 06 ISBN: 978-3-96433-311-7
- Band 07 ISBN: 978-3-96433-350-6
- Band 08 ISBN: 978-3-96433-351-3
- Band 09 ISBN: 978-3-96433-352-0
- Band 10 ISBN: 978-3-96433-353-7
- Band 11 ISBN: 978-3-96433-448-0

STOPP!

STOPP! DIES IST DIE LETZTE SEITE!

MEIN GELIEBTER GAMING-FREUND IST MEIN FIESER BOSS?! Σ(• □ •) ist ein Manga, und einen japanischen Comic liest man von hinten nach vorne. Auch die Lesereihenfolge der Bilder und Sprechblasen auf den Seiten ist anders als gewohnt: von rechts oben nach links unten.

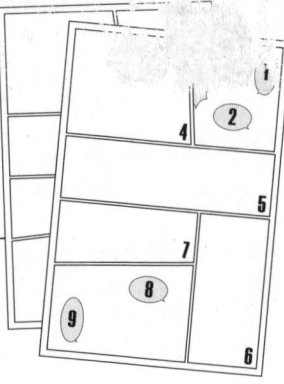

MEIN GELIEBTER GAMING-FREUND IST MEIN FIESER BOSS?! Σ(• □ •)

von
Nmura

3. Auflage, 2022
Deutsche Ausgabe/German Edition
© Manga Cult, Ludwigsburg 2022
Inh. Andreas Mergenthaler | Verlagsleitung: Luciana Bawidamann

Aus dem Japanischen von Doreaux Zwetkov

Copyright ©2020 Nmura. All rights reserved.
First published in Japan in 2020 by Ichijinsha Inc., Tokyo.
Publication rights for this German edition arranged through KODANSHA LTD., Tokyo.

Programmleitung: Alexandra Grimsehl
Redaktion & Korrektorat: Alexandra Grimsehl
Lektorat: Matthias Höhne
Grafik/Produktionsleitung: Elke Epple
Layout und Lettering: Manga Cult, Datagrafix GSP GmbH, Berlin
Druck: GGP Media GmbH, Poessneck

Print-ISBN: 978-3-96433-612-5

www.manga-cult.de | Juli 2022